好年華
Good
Time

# 目錄

# File 03

## 邏輯嘅嘢，今時今日好難要求人人都有

# File 04

## 十個人都有九個帶住後悔入棺材，我唔想係其中一個

# 引言

　　很多朋友在知道筆者經營 My Lawyer IG 專頁後都會問同一個問題：你是為什麼開始的呢？有時筆者懶得解釋就會跟他們說「當然是為了世界和平啊！」但如果興致到或是想裝b，就會慢慢訴說那個啟發筆者的小故事。

　　回想某天晚上筆者好夢正酣，凌晨三點的時候突然電話聲響起，嚇得筆者馬上拿起來接聽。那一刻筆者還沒睡醒，竟然忘了第一時間應該馬上痛罵來電者，就只是矇矇糊糊的問是誰。電話另一端傳來一把有點慌張的女聲，大致說她是某某朋友B的朋友，她（下稱S）和朋友B走在街上，現在朋友B被捕了她很慌張。

　　聽到這裏筆者就也慢慢回過神來了，馬上開啟專業模式，問她所為何事。她慢慢冷靜下來就跟筆者解釋源由：他們兩個SB剛剛從蘭桂坊帶著酒意離開，坐小巴

到旺角後看到一名女生在被警察盤問。醉醺醺的朋友B正義感爆發走上前跟警察理論，警察就向他拿身份證查看，朋友B多番拒絕後才不情願地交給警察。那時正值疫情肆虐的時候所以朋友B帶著口罩，警察叫他拉低口罩認一認樣，朋友B再次拒絕，結果警察就決定把他帶回警署考慮作出拘捕。而朋友B就瀟灑的將手機交給S說：「打電話給My Lawyer！他知道怎麼處理的了！」

真是太霸氣太厲害了，如果筆者在現場恐怕也會有所觸動，無奈我是凌晨三點睡在家中的床上，所以心中只有百般無奈和一絲不滿。

如果他是真的面對刑事指控而被捕，或許筆者還會考慮整裝一下去替他處理。但他這種有點自作自受的行為，實在令人提不起勁去幫忙。而且說實話筆者也不認為能幫上什麼忙，畢竟他就不見得會被控什麼罪名，不大機會被「落重手」盤問。正面一點看警察也只是想「保護」一個醉酒四處鬧事的女生，沒那麼正面看也就只是

想「警告」一下她。而且這種時間被捕警方也可能不夠人手替你錄口供，筆者過去就只是坐著乾等，身旁還要坐著一個發酒瘋的 S。

最後筆者指示 S 自己去旺角警署找人，心想她這樣一個女生喝醉酒在街上也不妥當，到警署最少有警察看管著她，說不定還能把 SB 都放在同一個房間互相陪伴呢。後來 S 的朋友趕到警署接走了她，而翌晨一如所料，B 十一點前後就獲釋了。大 Sir 替他錄完口供後也覺得將他拘捕帶返警署未免有些小題大造，甚至私底下告訴他如有需要可以投訴。

這次事件雖然算是完滿落幕，但還是令筆者感受甚深：為什麼那位喝醉酒的 B 會覺得凌晨三點，在沒有付律師費的情況下打給筆者是理所當然的呢？是不是過去給太多人免費法律意見了？在越想越不爽的情緒下，筆者萌生了一個想法：以後問筆者拿意見的，就算不付錢最低限度也要請吃飯吧。

筆者將這個想法發佈在IG Story，不久B就真的請了筆者吃晚飯。而筆者也慢慢將這個想法付諸行動，將預約流程制度化，還準備了一張中環的餐廳名單讓想約筆者的人從中挑選，節省時間之餘順便迴避了一些100元以下的快餐店 - 不是筆者現實啊，而是怕餐廳太便宜大家吃得不高興，不高興就連意見也會不到位了，對不？

筆者隨隨便便就將這個午餐安排叫作Legal Lunch，一開始Legal Lunch都是身邊朋友轉介的，在試過好幾次後漸漸感覺到筆者是真的能將法律和諮詢者拉近，做到了心中偶爾會一閃而過的一個想法：Law should be approachable。慢慢的動力就來了，為了嚐遍中環的餐廳 - 啊不是，是為了幫助更多有疑難的諮詢者，筆者開始將不同的法律故事和對法律法規的一些想法在IG發佈出來，吸引更多人追蹤並知道 Legal Lunch的安排。現在除筆者以外還有數位律師都願意約見Legal Lunch，而筆者自己約見過的Lunch少說也有50個了。

未來希望透過My Lawyer的專頁和Legal Lunch
的安排能讓更多人認識法律。法律不應是讓人逞凶鬥
狠的,更不應是有錢權貴的專屬工具,而應該是一般
人觸手可及的,而且能協助大家和平解決紛爭的你的
Friendly Neighborhood。

# File 01

## 今日！呢度！
## Everything Is Wrong！

# 蔡天鳳碎屍案

　　2023年2月21日發生了一宗震驚全港的兇殺案。一名富豪的前妻被殺害後慘被碎屍，部分器官被煮熟。受害者蔡天鳳曾是香港的社交名媛，與前夫育有兩個孩子。警方在大埔某村屋內發現蔡的遺體，亦在現場找到削肉機、湯煲和其他烹飪用具，其中湯煲裡還有她的頭顱。經調查後警方懷疑犯案動機涉及財產糾紛和遺產爭奪，並逮捕了死者前夫、前家翁、前大伯等，控告三人謀殺。目前（2024年4月）三人仍在羈押中等待開審。

　　事件發生後一連幾天，幾乎所有網媒的頭版也是這宗新聞的持續更新，不同媒體以至討論區上，大眾都有不同看法。其中討論度最高的說法是，因死者與現任男朋友將會結婚註冊，前夫一家為了保住留給前夫兩名子女的資產，而痛下殺手。但這種說法似乎不太現實；筆者更相信那個由前家翁代持的加多利山物業才是主要行

兇動機。

## 無立遺囑者 遺產由配偶優先所得

　　為什麼說殺害死者可以保住給前夫兩名子女的遺產呢？因為根據香港法例第73章《無遺囑者遺產條例》，一名沒有遺囑的死者，從遺產中會先分配50萬港元及非土地實產給他的配偶，剩餘的一半也會再分配給配偶，另一半才分給子女。

　　據悉死者和現任丈夫成婚後尚未註冊登記，所以死者在此時去世後，根據《無遺囑者遺產條例》，死者跟前夫的兩名女兒將與死者跟現任丈夫所生的兩名子女共同繼承死者的所有財產，而現任丈夫則不會分得任何財產。據悉死者正打算跟現任丈夫註冊登記，如果這樣的話，現任丈夫的確會於死者在無遺囑的情況下去世時，繼承到死者一半以上的財產。

　　但這個說法的前提是，未來將需要證實死者已死，才能分配他的遺產。在事情沒曝光的前提下法庭需等待

最少七年，失蹤的死者才可能被視為法律上已死亡，從而開始遺產繼承的程序。七年間東窗事發、死者的財產大幅貶值或父女間吵架以致無法父憑女貴的可能性都有，要等待這麼久實際執行上不太現實。還是說兇手的原意是在一段時間後流出死者部分殘肢，從而證明死者已死？但這樣的話恐怕很難完全撇除自己的嫌疑，即使真能撇除嫌疑，因為四名繼承人都未滿18歲，所以將需要最少兩名遺產管理人共同處理遺產。這樣很大機會新老公及前夫會被委任為共同遺產管理人，前夫想動用遺產作私利亦將相當困難。

## 無法被追討的豪宅

根據傳媒報導，死者曾為避免被徵收雙倍印花稅而將一個加多利山的物業交由前家翁代持。由於該物業的擁有人名義上是前家翁，在土地紀錄上亦是由他持有的，因此在沒有爭議的情況下前家翁能對該物業進行任何處置，不會牽涉遺產的安排。雖然物業的買入可能是由死者出資，但如果死者已經失蹤，要證明這個事實就會變得困難。再者，由誰去進行這個追討？死者可以出

資人身份要求前家翁以歸復信託（resulting trust）形式
歸還業權，但其身邊的人可沒有這個權限。

　　事成後前夫一家大可馬上離開香港，然後託人於香
港慢慢賣出物業，再將幾千萬匯出國外。甚至可以大膽
說，死者的離世將完整前家翁對該物業的業權，而即使
現在前夫一家被捕，其他人要證明歸復信託以將物業納
入遺產也將面臨不少困難。這樣想起來，這宗案件的發
生是否現實很多？

## 膽大包天　一再瞞天過海

　　為什麼這家人如此天真，認為殺害了一個這麼有錢
的人仍能瞞天過海？筆者猜想可能他們本已有意殺人後
馬上舉家潛逃離港，加上這家人本身好像都犯案累累，
又強姦又詐騙什麼的，他們可能誤以為自己很聰明總能
瞞天過海。

　　如果再大膽一點猜想……會不會前夫一家真的是
超乎想像地聰明並精通法律？筆者曾聽過一個升降機悖

論，如果在一個升降機中閉路電視被破壞，電梯內有三個人和一支手槍，其中一人中槍身亡而手槍有另外兩人的指模，並且兩人亦均聲稱對方才是殺害死者的兇手 - 那麼判刑結果會如何呢？在疑點利益歸於被告的普通法原則下，有相當可能二人都會被判無罪釋放。

過去香港不少多人合謀的殺人案，例如97年的秀茂坪童黨燒屍案，也是因為囚徒困境的審訊手段促使部分犯人將事件和盤托出，才得以證實不同涉案人的刑責。如果前夫一家在未來的審訊中將殺人責任互相推卸，把案情說得含糊不清，在死因難以確認的情況下，陪審團會否就作出謀殺罪不成立的決定呢？

畢竟前夫一家的確多次成功逃避刑責，前夫本人甚至疑似犯下詐騙案被通緝七年之久！不過關於他被通緝這麼多年，也令筆者略有感觸：是否有錢人的命才是命？一個被通緝七年的人，原來警察有辦法三天內就緝拿歸案。

如果著眼於此，與其說前夫一家的落網是「天有眼」，更多感覺到的是「We would like to believe that we are all equal, but the truth is we are not, and we will never be.」（摘自「毒舌大狀」）

# 鑽石山荷里活廣場斬人案

2023年6月2日，鑽石山荷里活廣場發生了駭人聽聞的斬人案。39歲被告司徒成光被控在荷里活廣場3樓持刀殺害兩名女子，據悉被告無業並患有妄想型精神分裂症，在施襲被阻止後站在一旁泣不成聲。被告將面臨兩項謀殺罪，而就此身邊不少朋友都問：「有精神病的疑犯最後會怎樣？」

首先我們要確認一個關鍵點：根據香港法例第212章《侵害人身罪條例》第2條，謀殺是「即須被終身監禁」，而第7條誤殺則「可處終身監禁」。只是三個字的不同，就意味著那個人的人生將大幅扭轉。

## 「誤殺」判刑並非終身

如果是被判謀殺的話是必須判終身監禁的，所以辯護方向一般會集中於「如何將謀殺辯護成誤殺」，而患有

精神病就是一個很常用的理由，隨隨便便Google搜一下都找到一堆案例：受精神病影響勒死女友、受抑鬱症影響勒死智障兒童、受家庭壓力影響殺死自己的外孫等等。如果被判誤殺的話，判刑是驚人地低，很多都不多於五年。在2019年的一個案例中，某男士聲稱患上混合焦慮抑鬱症加上被女友激怒，憤而勒死女友而法庭判處的是12個月感化令。

而就荷里活廣場斬人案中被告懷疑患有的「妄想性精神分裂症」，根據過往判例也是一種獲接納的精神病。在案例DCCC127/2016中，患上此病的被告拿刀砍了父親以致其左手食指、左膝及左腳受傷，而最後被告被判處的只是一個三個月的醫院命令；加上已被拘留六個月，相當於被還押約九個月就放出來了。

而在另一個案例HCMA548/2012中，被控盜竊的被告聲稱因為同一疾病的影響產生幻聽，因而在離開商店時沒有付款被控盜竊，但最後定罪被撤銷。精神狀態甚至可以延伸到「憤怒」，在HCCC130/2018，一個男人

用鎚仔扑死一位業主老伯伯，陪審員最後亦接納被告是因為被激怒而失去自我控制能力，用鎚仔扑了伯伯29下「誤殺」了他。最後被告被判8年監禁而非終身監禁。

## 無限期精神治療

所以綜合過去案例，加上被告在案發現場的行為表現，「被告受精神病影響而殺人」的說法頗有機會被陪審團接納。如果被接納而以「誤殺」定罪的話就不會被判終身監禁，那麼有可能他被關幾年已重獲自由。

另一個可能性是，被告會根據香港法例第136章《精神健康條例》被判無限期醫院令，例如2010年的葵盛東邨連環兇殺及傷人案（HCCC 11/2011）中，犯人李忠民就同樣曾患有妄想性精神分裂症。犯人於2010年5月8日手持刀鋒長12厘米的兇刀，殺害2人並傷害3人，最後被判入小欖精神病治療中心接受無限期的精神治療。

所謂無限期的精神治療可長可短，關鍵在於犯人未來對社會是否仍會有危險，以及是否有親屬在未來作出

擔保照顧犯人。而釋放該位犯人將需要醫生簽署認為犯人不再對社會有危害性，所以兇案在社會引起的迴響或多或少會影響刑期的長短。

例如1981年在美國轟動一時的「列根遇刺案」中，兇手John Warnock Hinckley, Jr.造成一人死亡多人受傷，最後因被判斷為患上精神病而裁定無罪。但他卻因精神病而馬上被送到華盛頓聖伊莉莎白醫院，據悉直至2016年7月才獲「有條件釋放」。

而考慮到是次斬人案引起的社會迴響，相信如果犯人是被判無限期醫院令，未來要找醫生簽署同意釋放他，可就相當不容易了。

# 籃球教練與女學生
# 不雅照惹議

2024年2月，某籃球教練與女學生的裸照流出引起全城熱話。本來剛正不阿的筆者對此根本沒興趣，但因為多位朋友的熱心分享，無奈之下為了配合朋友的熱誠，唯有勉為其難地點擊到相關相簿看了個清楚。看完之後真想說一句：「教練，我想打籃球呀......」

人類總要犯重覆的錯誤，以往都有這麼多流出故事了，甚至會有一些論壇或Telegram群組是專門發佈這些流出影片。凡走過，必留下痕跡，世上沒有密不透風的牆，女生也好男生也罷，都要好好保護自己，不要刻意留下這些充滿風險的照片。但話又說回來，這種私密照流出其實還算挺常見的，為什麼這次會形成這麼大的風波呢？我想這大概是因為三個元素加起來：教練、16歲學生、連登流出。

## 師生戀的社會觀感

師生戀常常被認為是禁忌，主因是如果一位老師利用職業帶來的身份優勢結識異性，會令公眾對老師的專業性產生懷疑。類似的要求亦套用在醫生、社工、律師等等職業上，只是老師面對的更多是未成年人，所以變成一個更大的禁忌。

如果撇除師生關係的話，其實一位23歲男生跟一位16歲女生的親密照流出，聽上去也沒什麼新奇的，所以「師生戀」為其中一個重點。另外就是女生一開始未滿16歲的疑雲，在香港「衰十一」是絕對責任，即是說不能以「不知道對方未滿16歲」為由進行抗辯，各位男士要注意了。但後來傳媒澄清了女生應已滿16歲而且屬自願發生性行為，所以這方面對事情後來的發酵未必有大影響。

最後也是最主要令事件衝上熱搜的原因，就是在連登流出這批照片了。連登論壇瀏覽人數多，但不像 Telegram 一些流出群組般，進群的人都是「同好」，直接在連登論壇發佈照片會有很多「圈外人」看到，大大提

升曝光率。更重要的是，註冊連登時需要用網絡服務商 ISP 電郵或大專學生電郵驗證身份，所以要起底發言者的身份是比較容易的。而發佈這些相片有極大機率違反《刑事罪行條例》第159AAE條中「未經同意下發布私密影像，或威脅如此行事」。這是一條比較新的法律，於2021年與「窺淫罪」一起刊憲生效，填補了這部分的法律漏洞，容筆者就此法的來龍去脈娓娓道來。

## 「窺淫罪」的由來

首先說一說：為什麼會有「窺淫罪」呢？這是為了填補關於偷拍一類淫褻罪行的法律漏洞。以往律政司常以「不誠實取用電腦罪」控告以自己的電子產品偷拍裙底的偷拍犯。但在2019 年 4 月，終審法院於 Security for Justice v Cheng Ka Yee & 3 Others ([2019] 22 HKCFAR 97)，亦稱「協和小學案」中一錘定音，裁定「取用」(access) 與「使用」(use) 詞義不同：一個人只能「取用」不屬於他的東西。因此，任何人使用自己的電腦，不構成「取用」電腦，其行為亦不會觸犯「不誠實取用電腦」罪。

這個看起來有點像「捉字蝨」的裁決影響深遠，而自「協和小學案」後，律政司便不能再依賴「不誠實取用電腦罪」控告用自己手機或電子器具偷拍異性的行為。當時「窺淫罪」及相關罪行仍未立法，那這段法律真空期又該怎麼辦呢？律政司其中一個常用的手段就是以普通法下的「有違公德罪」去提告。然而，這罪名有一個大大的缺陷：就是控方須證明被告的行為是發生在公眾場所！

　　而這就導致了一個荒謬的局面，就是在私人地方偷拍是不構成任何罪行的。筆者有一位做刑事訴訟的律師朋友，他有一位客戶，在法律真空期期間在某私人醫療場所被偷拍私密部位。這客戶報警後，偷拍犯立馬在現場被人贓並獲，但最終警方並不能落案控告這名偷拍犯——因為在私人地方「有違公德罪」不能應用！而偷拍犯使用的是自己的電子器具，也自然不能以「不誠實取用電腦罪」控告他。最終警方和該位官戶無計可施，事件也只能不了了之。

幸好，《2021年刑事罪行（修訂）條例》於2021年10月8日刊憲生效。修訂條例增加了以下刑事罪行：

- 窺淫罪：處理偷窺和偷拍行為。
- 法拍攝或觀察私密部位罪：處理「影裙底」及「高炒影胸」等行為。
- 發布窺淫及非法拍攝所得的私密影像罪。
- 未經同意發布或威脅發布私密影像罪：處理受害人曾經同意拍攝，但沒有同意發布的情況，例如色情報復。

以上所有罪行的最高刑罰均為5年監禁。5年監禁聽上去好像很多，但是最近的案例判處的也不全然是監禁式刑罰，例如25歲男被告在圖書館女廁偷拍女生私密行為，被判處的是12個月感化。而一名48歲建築工人在女廁偷窺中六女生，也只是被判處12天監禁。當然也不是說監禁才能算懲罰，畢竟在犯罪紀錄中留有風化案，相信對罪犯未來受僱及考取專業資格也會有相當程度的影響，是輕是重看來還需要一些時間來檢視。

# 「窺淫罪」問與答

　　另外新例雖然能涵蓋不少現有的漏洞，但當然也產生有不少新疑問，筆者也在這裡歸納一些「好奇寶寶」問過的問題及答案：

　　1. 被拍者同意拍攝及發布的話，我把私密照片發布是否就不違法？

　　答：不一定，因為該行為仍有可能干犯《淫褻及不雅物品管制條例》下的發布淫褻物品或不雅物品罪。

　　2. 是否偷窺或偷拍私密部位才會犯法？

　　答：否。如事主身處的地方是對保存私隱有合理的期望，並預期會裸露、露出私密部位或進行私密作為的場所（例如廁格及私人睡房），即使事主衣著齊整及沒有裸露，任何人在該地方暗中觀察或拍攝亦屬犯法。

　　3. 在家中安裝鏡頭監察外傭犯法嗎？

　　答：視乎鏡頭安裝在哪（客廳、浴室、傭工的房間）、安裝鏡頭的目的、及外傭是否知情，很難一概而論。

另外，鏡頭的安裝也受到《個人資料(私隱)條例》的規管。

　　順帶一提這張「好奇寶寶」名單我留下來了，畢竟他們可能是潛在的訴訟服務顧客呢。然後話題又回到那名籃球教練那裡，從女學生的反應可看出她沒有同意發佈已流出的影像，而以影像的裸露程度起來被定義為「私密影像」也難有爭議了，所以發佈者被查出來後被定罪是十拿九穩的。因此警方也早早將調查方向定為「未經同意下發佈私密影像」。

　　最後在此也特別提醒各位：《刑事罪行條例》第159AA條有特別闡明，即使只是將影像傳送給另一人也算是「發佈影像」，所以私下轉寄任何未經同意發布的私密影像都是犯法的！

　　無論是為了不要誤墮法網還是為當事人著想，希望大家也會停止轉發任何私密影像的行為。每一次轉發都是對當事人的傷害，更有可能令自己冒上被提告的風

險，何必做這種害人害己的事以呈一時之快呢。加上事件中兩位當事人在筆者這個大叔眼中亦年紀尚輕，而其中的感情糾紛我們外人亦無從得知。所以，要轉發還是轉發貓貓的影片吧，反正都是裸體照，這種的筆者有很多大家可以隨便拿。

# 頂流藝人涉起底

某天無聊滑手機時，看到某討論區說一位非常出名的香港頂流男藝人，竟然在自己的IG帳戶發Story，張貼某個IG用戶的照片及帳號，並疑似要「公審」她。

筆者起初都不敢貿然相信這是真的，他們的社交平台不是應該都有專屬經紀人處理的嗎？怎麼會發佈這種衝動而踩界的Story？難道是新的宣傳手法？於是筆者就馬上fact check了一下，發現那藝人真的將一位女IG用戶的帳號以至真實容貌都轉載到自己的IG Story上。結果被起底者的IG帳戶就像4月的銅鑼灣一樣，被頂流藝人的粉絲擠爆，不到兩天就關掉了。

然後筆者又看到一些討論，研究該藝人是否違反起底罪或網絡欺凌相關罪行。筆者覺得這是一個很好的例子跟大家說明什麼行為有機會犯起底罪，特別是這次看

到不少粉絲依然堅持自己的偶像是正確的。

## 由「網絡欺凌」至「纏擾」

　　首先探討一下事件是否有機會構成網絡欺凌。一般要處理網絡欺凌，律師們都會建議考慮以「騷擾」或「纏擾」（harassment）為由進行民事追討，而要構成纏擾就有一個關鍵元素：重複性。普通法中纏擾的定義為「當事人的行為在本質上足夠地『重複』，而他應該『合理地』知道這種行為會『引起擔憂、情緒困擾或使他人煩惱』。」

　　例如在英國案例 Suttle v Walker [2019] EWHC 396 (QB) 中，被告人 Samantha Walker 在 Facebook 群組 "Justice for Animals Brutally Abused UK" 上載了一條短片，控訴 Ms Suttle 虐打她的狗，並持續四星期發佈相關言論。Ms Suttle 因此收到死亡電話恐嚇，日常生活亦被嚴重影響。雖然 Samantha Walker 是匿名上載短片的，但法庭命令 Facebook 需披露上載及發放相關短片與信息的人，因而鎖定了 Samantha Walker 的行為，並最終判決她需要向 Ms Suttle 賠款過百萬港元。

就這次頂流藝人的 IG Story 事件而言，因為該藝人發佈Story後不久就將其刪除，所以相信並未構成足夠的重複性或持續性，以騷擾或纏繞為由作出民事訴訟恐怕成功機會不高。但如果他的粉絲持續騷擾那位被起底的留言者，那他的粉絲們也有可能被控騷擾或纏繞。

## 纏擾可免　起底難逃

雖然構成網絡欺凌相關罪行的機會不高，但起底罪的話恐怕就有一定機會入罪。2021年10月《個人資料(私隱)條例》第64條經過了修改，涵蓋面闊了很多：只要某人披露他人的個人資料，而披露意圖是「令對象或其家人蒙受指明傷害」，甚至只是罔顧了造成傷害的可能性，便已違法，而且相當有可能被判監。例如2022年12月15日被告何牧華就因7項起底罪而被判監8個月。被告何牧華在不同社交平台公開其「前女友」資料，包括其姓名、聯絡電話、住址等，甚至公開其丈夫（對，她是有丈夫的，所以被告在假IG中寫到受害人是「一位經常到別人家中過夜的不忠妻子」）及家人的資料，令事主和身邊的人受到滋擾。

而在這位頂流藝人的個案中，他沒理由不清楚自己的影響力是如此之大，而他亦刻意將被害者的IG帳戶連結在他的Story展示出來，因此直接令被害者受到大量評擊。由此推斷，即使他沒有意圖令對象受到指明傷害，罔顧了造成傷害的可能性也是相當明顯的。

　　那麼接下來的問題就是一個人的照片連同IG帳號是否屬於「個人資料」了。根據香港法例第486章《個人資料(私隱)條例》第2條，個人資料(personal data)指符合以下說明的任何資料 ——

　　(a) 直接或間接與一名在世的個人有關的；

　　(b) 從該資料直接或間接地確定有關的個人的身分是切實可行的；及

　　(c) 該資料的存在形式令予以查閱及處理均是切實可行的。

　　而無論從相片還是IG帳號，相信都不難確認有關人士的個人身份，兩者加起來就更大機會構成「個人資料」了。

另外再補充說明一下，留言者的IG帳號本身是公開的，那他的資訊是否應視為「公開」而令轉載不構成「披露」呢？筆者認為，什麼個人資料是「公開」而什麼是「隱私」，在現今網絡世代是一個很難有答案的問題；例如是否放上網的東西就是公開的而不會被「披露」呢？這樣公司註冊處內刊登的所有董事資料，以至一些商業用的公司聯絡資料及職員照片，就全都成公開資料了。

　　例如政府電話簿內列出的公務員個人資料，都包括中英文全名連帶職位，在此定義下都應被視為公開而不會被「披露」；但在2023年10月31日，私隱專員公署拘捕的一名起底罪疑犯，披露的個人資料就只包括事主的中文姓名、曾任職的工作及其照片。所以筆者傾向認為「披露」的重點不是這些資訊是否所謂「公開」，而是有沒有將一些個人資料展示給更多的人。特別是當你展示該資料時跟資料當事人展示的原意不一，甚至背道而馳，被定罪機會就會更大。

總括而言，根據私隱條例第64(3)條，筆者相信該位頂流藝人已經滿足所有違法的條件：「披露」「個人資料」並「罔顧對他人造成傷害的可能性」。當然最後會否被捕還要考慮被害者是否有作出投訴、事件的敏感度及其他一籃子的因素。但非常清晰的是：當你刻意披露一個人的個人資料，無論是照片還是他社交平台的帳號等等，只要你的意圖是對他帶來傷害，你已經有機會犯法。

　　就這位藝人及這位藝人的粉絲而言，筆者認為事後他們要做的不是繼續攻擊那位被害者，而更應該向被害者作出道歉，然後好好審視自己的行為再作改進，才對得起「香港頂流」這個稱號。

# 虛擬資產交易
# 及各種投資騙案

　　2023年9月13日，證監會點名批評虛擬資產交易平台JPEX「沒有獲證監會發牌，且並無向證監會申領在香港經營虛擬資產交易平台的牌照」，更指出「JPEX及那些向香港公眾積極推廣JPEX的人士和找換店所使用的手法存在眾多可疑之處」，包括部分產品提供極高回報、接獲散戶投資者投訴指未能從在JPEX開設的帳戶中提取虛擬資產、在社交媒體上作出了虛假或具誤導性的陳述等等。

　　之後數日警方逮捕多位JPEX涉案人士，當中包括開設加密貨幣找換店的KOL陳怡及林作等。

　　截止截稿當天，據悉JPEX事件的涉款額已超港幣16億元，可能是香港史上最大的虛擬資產交易騙案。但即使如此，參加虛擬資產交易的投資者仍有增無減，

甚至還偶有言論說如果不是證監會「多口」，JPEX這個 Ferris Wheel是能繼續轉下去的（"Keep the clients on the Ferris Wheel. And it goes."- 摘自「華爾街狼人」）。

這已經幾乎成為在香港的財富密碼了：只要搭出一個美侖美奐的雞棚，配上知名人士的吹捧，就總是不乏趨之若鶩、撲火的飛蛾。My Lawyer專頁也不時會收到關於懷疑被詐騙的諮詢，如果是存心詐騙的還好，因為較容易分辨，報警立案也不難；但這種以投資為名卻以詐騙為實的雞棚，就算真的報警，要立案也著實不易。因此，筆者希望跟大家分析整合一下過去接觸過的一些疑似投資騙局，讓大家參考參考，保持警惕。

## 是雞棚還是高風險投資？

香港人都很習慣儲蓄，存個十萬八萬對大部分人來說並不太難。但這個金額不夠買樓，放進定期又嫌可惜，學習高深的投資策略又不肯花時間，結果就產生一種詭異的「市場需求」——想找一個方便的地方存放並帶來被動收入。

而為了滿足這種市場需求，「投資」就是一個很好用的詞匯了。投資的主體是什麼根本不重要，只要說得天花亂墜再聲稱有保證回報，就總能吸引大眾。近年最火熱而又充斥大量騙局的投資主體，首當其衝就是虛擬資產了，由 Crypto vending machine 以至 NFT 再至上文所述的 JPEX，全都包裝得冠冕堂皇引人入勝。坊間其他投資主體亦層出不窮，規模大至國家級新能源計劃，小至本地美容公司醫療公司，又或是由名畫陳皮等死物以至馬匹配種等活物，只有你想不到沒有「設計師」寫不到的投資計劃。它們的共通點是都會說得回報好像很有保證，由這位那位資深行家操刀處理，彷彿只要把錢放進去就能輕鬆成為人生贏家。

那麼這些全都是詐騙嗎？當然不是，筆者見過很多集資人是真的希望能產生回報，然後實現「共同富裕」。但共同富裕豈是這麼容易？如果他們的投資計劃是如此有潛力，大可自己向銀行貸款或找有信譽的基金公司協助集資，最低限度也是會針對專業投資者推銷，而不需要用到處做講座、發網媒這種向大眾集資的下策。這類

型的投資計劃一般風險極高，但聰明的集資人總會將風險因素輕輕帶過，只強調能帶來的回報。而正因集資人的原意可能不是詐騙，所以當出問題時要由法律途徑追討的難度就很大。

　　畢竟既然是投資自然有風險，出現虧損是合法合理的，只是大部分被遊說的投資者根本不曾仔細研究風險或分析投資文件。那麼那些文件是太厚隱藏了小細節嗎？以筆者所見不少極高風險的投資文件都只有3、4頁紙，甚至全都是中文書寫的，裡面沒有半個你看不懂的字。但集資人可能就是利用了一般大眾怕麻煩的心態，看到文字太多的合約想慢慢看但又不想麻煩，看到這麼簡單的承諾投資人反而不虞有詐，爽快的就簽下去了。針對這些甚至可能是雞棚的超高風險投資，其實它們有不少共通點，總括而言就是：過高的回報、可疑的載體、無轉售價值的投資實體。

# 超高風險投資的三大特點

## 過高的回報

　　一般保險公司能提供的基金回報率預測最多就每年8%，針對股份投資的預期回報率頂多也就15%左右，但這些投資項目竟然跟你說他保證20%的年回報。想也知道這種保證是空口說白話，但偏偏總是很多人受落。

　　正如2023年度中國詐騙大亨，傲利資本的齊洛的公開信中所述：「記住以後不要貪高息，高息吃大虧，天上沒有掉餡餅。」不知道齊洛是誰？上網稍為查一下就找到了，簡單總結他就是澳洲一家已被清算的金融公司「傲利資本」的創辦人，在跑路時發佈了一封公開信承認自己是在做「龐氏騙局」。雖然也有報道說他其實不是跑路，他也在抖音澄清公開信不是他寫的，是謠言，但傲利資本被清算的確是事實。

　　事件中投資者的損失恐怕高達上億，無論那封公開信是真是假也是防騙教育最佳的反面教材，筆者認為所有成年人都應該讀一讀。

## 可疑的載體

其次就是接收資金的載體不是什麼有信譽的機構或持牌公司，基本上只要花些時間做點背景調查就能找到端倪。JPEX就是很好的例子，它在短短2年內迅速掘起，但其聲稱持有的幾乎所有金融牌照都有問題，甚至連總部設於哪裡亦成疑。

當然也不是說歷史悠久、規模龐大的機構就一定不會騙，例如中國私募基金「洛克資本」的創辦人張穎豪就於2023年11月14日晚涉嫌捲款跑路，攜同12億元巨額潛逃。據悉洛克資本在2013年已創立，也真的投資及成立過不少私募基金，但外界猜想大概是投資策略失敗了吧，創辦人不想一無所有，最終決定跑路。

他是存心欺騙投資者嗎？可能不是，但人總是自私的，如果仔細查看洛克資本的股權分配就會發現，張穎豪持有洛克資本90%的股份。讓一個人管理上百億的投資金額，誰能把持得住？加上私募基金本來就是高風險的投資產品，把要素整合起來後，投資者可能就會意識

到這筆投資的風險高得多麼接近騙局了。

## 無轉售價值的投資實體

最後就是投資項目並不存在實體，或你對該所謂「實體」的控制權非常有限。例如投資名種馬，投資者可能只擁有某隻馬匹1%的管理權，那請問你擁有的是那隻馬的馬蹄還是馬鼻？結果贖回的方式含糊不清，想拿走實體財產亦不可能，被人拖上兩三年後就只能不了了之，慨嘆自己交了學費。

坊間也有一些投資計劃是出售某某公司的股權，但股份買賣協議粗製濫造，該公司的股份因為缺乏知名度，亦因而不具轉售價值。在此順帶說明一下，在香港為非登記投資項目進行眾籌是違法的。筆者有見過一些所謂股份認購合同中的「優先股」，明顯沒有針對目標公司的管理權，這種配股不能向朋友以外的公眾人士宣傳，否則可被檢控。

總括一下就是如果一個聲稱投資計劃符合以下大部

分條件的話，即使並非存心詐騙也蘊含血本無歸的超高風險，各位投資者請務必三思而後行：

1.「保證回報率」高得令你懷疑他付不出來，有成為龐氏騙局的嫌疑

2. 沒有任何具實力而持投資相關牌照或專業執照的人支援或負責，或負責人和機構均長居海外

3. 投資主體或其相關抵押品不能隨意帶走，亦沒有合理的轉售方法或價值；除非集資人有能被絕對信任的理由，否則贖回條款意義不大

4. 你對投資主體幾乎沒有日常管理權，對其運作亦不熟悉或只曾接收來自集資人的資訊

5. 你與其他投資人基本不認識，集體追討變得困難

## 被法庭裁定的真實「投資詐騙」

前面洋洋灑灑討論上千字，也是關於超高風險的投資計劃，那有沒有一些被法庭裁定真的是詐騙的「投資計劃」呢？香港特別行政區 訴 朱海 ([2018] HKDC 1508) 就是一例。簡而言之就是一位受害人由2000年開始，參與被告不同的投資計劃前後差不多10年，也陸

陸續續介紹了六位受害人參與。每項計劃均聲稱是保本的，產生的利息及計劃長短各有差異，月息由1.5至2%不等並提供50%本金回報。計劃的回報初期是穩定的，但至約2013年3月派息開始不穩定，直至2013年尾左右七名受害人更不再收到任何利息收入。

眾人不斷向被告追討，但被告均以不同理由解釋資金未能到港，故未能發放給他們。2014年，被告人給予一些支票予證人們，但全不能兌現。最終在2017年，受害人報警及於同年10月27日把被告拘捕。

## 不清不楚神秘投資

被告由始至終沒有承認過欺騙多位受害人。他的解釋是案中投資項目所依附的大額投資者，相信涉及國內犯法事件正接受調查，不可出境，因此不能到港發放資金，令利息變得不穩定及最終未能派息。被告甚至找了一位聲稱是其任職的投資公司的總經理親自到庭作為他的辯方證人，解釋資金未能出境的背景故事。

但奇怪的是，被告對投資細節知之甚少，甚至連投資主體及利潤如何產生都說不出來。當談及其他相關投資人的時候，被告都說基於保密協議，他不能公佈。法官對被告一問三不知的回應非常懷疑，加上被告與他傳召的辯方證人口供存在一定程度差異，所以法官認定被告和其證人之證供不盡不實，被告沒有如他所指般將受害者的資金用在被告指稱的投資計劃內，最終被判「欺詐」及「以欺騙手段逃避法律責任」罪成。「欺詐罪」針對其以不存在的投資計劃為借口，騙取受害人金錢，而「以欺騙手段逃避法律責任」罪則針對被告簽署「空頭支票」，從而不誠實地誘使受害人等候付款。最終，被告被判監42年。

從裁決理由書看來，這次罪成的主要原因之一是被告對聲稱的投資計劃知之太少，令法官認為他並沒有真的為被害人進行投資。但反過來也可能是，如果被告真的能提供完整的投資計劃及相關計劃虧蝕的報告，那要用相同罪名控告他就變得更困難了。被告由2000年開始認識第一位受害人，筆者看來如果被告真的鋪排了十年

才騙到三百多萬，最後還要被判監42個月，恐怕會被現代其他專業騙子取笑吧！

　　其中部分刑期還是他手多開支票還錢，結果彈票才招致的。無論如何，如果被害人真的認為集資人拿了你的錢並沒有投資什麼實質性的計劃，是可以報警調查的。如果出現彈票的情況，也可以嘗試以「以欺騙手段逃避法律責任」提告。但即使騙徒最後真的罪成判監，被騙走的錢多半也是要不回來了。所以筆者最後要再三警惕各位：高息吃大虧，天上沒有掉餡餅啊。

# 「東張何伯」
# 蘊含的財產爭議

　　2024年5月5日，電視採訪節目播出一段訪問。訪問中76歲的老人「何伯」與比他年少30年歲的妻子「何太」，控訴何伯的子女侵吞何伯個人財產，在何伯不知情的情況下，將他與女兒的聯名戶口中屬於他的450萬港幣挪走。女兒更留下一句狠話：「你同佢雙宿雙棲啦，而家你戶口得返4,200蚊。」

　　為了方便讀者理解，在此先整理一下事件發生的時間線：

　　1月26日（二人相識首天）- 何太在街市認識何伯，其後開始每日煲湯給何伯

　　2月14日（二人相識第20天）- 何伯送贈何太近4兩重的龍鳳鈪作情人節禮物，據稱價值約10萬元。

　　2月19日（二人相識第25天）- 何伯與何太到銀行欲取消定期存款以提取100萬元讓何太做生意，同日發現

細女已將戶口中450萬元積蓄全數轉走。

3月11日（二人相識第45天）- 何伯與何太簽字結婚，何伯送贈何太價值13萬元的2卡鑽戒及10萬元的名錶作結婚禮物。

如果由以上時間線可見，何伯對何太真的毫不吝嗇，盡情揮霍畢生積蓄。而且在細女轉走450萬元積蓄後還有餘力送贈23萬元的結婚禮物，或許何伯的財力仍然深不見底？

事件當中可以討論的假設性情況太多，加上節目重點似乎集中於「忘年戀」上，筆者唯有過濾出節目中正經並獲當事人確認的資訊，抽出重點主線來討論，而網上輿論則不作評論。

## 何伯子女轉走何伯積蓄的正當性

何伯的行為是清醒時的決定，還是被何太迷得暈頭轉向後作出的，相信各位明眼人也不難看出。人年紀大了、寂寞了，有人長期主動關心自己，的確是一件令人

心動的事。筆者甚至認為，如果何太真的會照顧何伯走完人生剩下可能只有十多年的路，何伯畢生積蓄盡數贈送給她，也尚算合情合理吧，畢竟住好一點的護老院每年也要二三十萬，但也未必每天有花膠海參燉湯。但如果任由何伯何太繼續花錢如流水，也可能沒幾年就花光所有積蓄了，所以坊間對何伯子女的行為大多表示贊同或認可，甚至認為是對何伯的保障。

而筆者對何伯子女的行為，是保持保留態度的。先討論一下這筆錢會否有一定比額是屬於何伯子女而非何伯獨占的吧，由客觀事實考量，可能性應該不大。畢竟在大部分情況下年輕人也不會主動將自己的財產跟年長者放在同一個帳戶，這樣對照顧他基本沒有好處。一般的做法，都是為年長父母開設一個銀行帳戶，然後自己每月再將生活費打進去。

聯名帳戶的開設，大部分情況下也是因為擔心年長父母有一天失去精神行為能力，銀行不容許他們自行提取存款。因此才會在出問題前先開設聯名戶口，再將年

長父母的個人積蓄存進去，好讓子女能在必要時從帳戶中提取存款。而且當有一天年長的父母去世，子女處理遺產承辦一般長達三至十二個月甚至更多。這段期間逝者個人名下的所有帳戶均會被凍結，開設聯名戶口就能避免戶口被凍結。

另外再考量這筆現金的來源，無論這450萬是何伯子女分期給他的家用，還是何伯亡妻留下給他的遺產，在情在理也是屬於他一個人的。所以何伯將他的個人積蓄存放在聯名戶口中，好讓有需要時子女能動用，這種說法較能令人信服。

由這樣的操作可見，何伯對女兒真的非常信任，遺憾的是他們最後並沒有依照何伯的意願行事。在何伯子女的眼中，或許這筆存款不只是何伯的個人財產，更是將來會屬於他們、繼承自何伯的遺產吧，所以他們才一口氣將之提走。當中是否曾有相關承諾，或許也只有他們才知道了。

# 何伯子女是否有更好的處理方法？

「為了他好」而產生的權力，是否可以無限擴張？

假設何伯子女真的是為何伯好而提走積蓄，我們亦應認真考慮「為一個人好」容許子女做到什麼程度：如果我父親喝酒過多傷身子，我應該對他好言相勸，還是「為了他好」，在他面前擲爛他收藏10年的所有紅酒？我的女兒堅持要嫁給一個又窮又懶的小伙子，我應該對她好言相勸，還是「為了她好」，將她逐出家門並威脅如果要嫁他就斷絕父女關係？

無論如何，在這次事件中，撇開因果、道德倫理批判，何伯與子女的感情已出現破損。如果單純以「長者年老，由子女代為處理儲下來的養老金」的角度，何伯子女或可考慮利用一些財務及法律工具，限制何伯每年可從積蓄中拿取的份額。

比較完善的做法是建立一個簡單信託，將所有現金轉入信託後訂立一些條款，例如每年只能從信託中提取

30萬作何伯的生活費，或是只在有醫療需要時才能從信託中提取現金等，從而達致長遠照顧何伯的目的。信託的相關操作，可以在本書「Case 2.3 信託服務不僅僅是富人的選擇」一節中略窺一二。如果想簡單一點，亦可考慮一些保險公司的年金及危疾計劃，都能夠避免何伯被愛情沖昏頭腦，太快將畢生積蓄盡數揮霍。

可惜大部分長者基於絕對信任，還是以最簡單的方式處理：與子女設立聯名戶口，方便子女日後處理財產。遺憾正是此做法，讓不懷好意之人在金錢誘惑下「有機可乘」。相似的事件在同類型節目中常有被報導，各位亦請引以為鑑。

## 何伯是否能向子女提告，追討損失？

那麼在畢生積蓄被提取一空的情況下，何伯能做什麼？

首先以刑事方式提告是頗有難度的，因為警察一般較少干涉家庭方面的糾紛。所謂「清官難審家庭事」，

家人之間的財產分配愛恨情仇，本來就一匹布咁長。除非出現暴力事件，否則警察難以以詐騙或偷竊等形式控告。何況這次牽涉的還是一個聯名戶口，在程序上涉及詐騙的可能性不高，警察要出師有名也不容易。

那麼如果以民事訴訟方式控提告呢？那就要看看何伯是否還有另一筆私房錢了，畢竟牽涉金額高達450萬，必須於高等法院起訴，他不先放下十萬八萬預付金恐怕也找不到律師樓願意協助立案。最後的考慮可能是申請民事訴訟法律援助吧，但即使真的成功開展民事訴訟，如果子女們已先將450萬積蓄平分，訴訟難度又會進一步提高。

所以何伯何太大概在結婚後也考慮了好一段時間，才決定求助媒體吧，看看是否能形成輿論壓力迫使子女交還財產，奈何效果卻適得其反。

筆者相信這種情況不是個別事件。隨著人口老化，財富必然逐漸集中在年老者手上。在何伯事件中，恐怕

何太及何伯子女也是被鉅額現金蒙蔽了，才做出這些傷害到何伯的事。

## 長者日後財產保障

事情發生前其實有很多法律及財務工具，可以將事情梳理得更理想，例如何伯與其開設聯名戶口，倒不如簽訂持久授權書，在他被判定為失去精神行為能力時才授權子女提取銀行戶口的財產。這樣能有效避免在有需要時不能提取銀行戶口裡的現金，在本書「Case 2.1 平安七寶」一節中會有更詳盡的討論。

又或是如筆者前面所說般，設立信託或購置保險年金及危疾等計劃，將財富作更有條理的分配，以免短期內被揮霍一空。

希望何伯這次事件能提醒大眾長者財富管理的重要性，真的不值得為了不能帶進棺材的金錢，破壞好幾十年才好不容易建立的家庭關係。

# 「佢傻㗎，你告佢都冇用」

　　某天筆者的媽媽走在旺角的路上，突然有個在巴士站等候的男人推了她的腰一下。媽媽頓時瞪著他說：「你做乜摸我？我嗌非禮㗎！」那男人好像被激怒了，再用力推了媽媽一下令她後退了一米多。媽媽就更怒了，大聲說：「你做咩？唔好搣我，我報警㗎！」聽罷那男人竟然到附近的商業大廈拿起一塊「小心地滑」的膠牌，追著筆者媽媽作勢就要打。媽媽馬上逃到某間餐廳內報警，而那男人的同行女士亦按住了那男人。商業大廈的保安也衝了出來，但他不是為了制止此事，而只是拿回那塊「小心地滑」後說：「你做乜攞我啲嘢！」

　　擾攘一陣子後警察到場，替媽媽錄了簡單的口供，又見沒有人受傷便打算結案。媽媽問警察之後會怎樣跟進，警察回覆的大意就是：「佢傻㗎，你告佢都冇用。」

　　然後救護車到場，就將那男人送到醫院了，事情最後不了了之。回想起來，從同行女士熟練地按著那男人的行動看來，有理由相信那男人因精神病而生事也不是首次發生。雖然他險些弄傷了媽媽，但筆者對他還是多少有點同情的。

　　但是否真的如這次事件般，「佢傻㗎」法律就管不了？

　　筆者翻過一些文章，有精神科醫生亦有法律人士撰寫

的，大部分也強調判刑必須考慮精神病患的復康可能性，判處協助其康復的刑罰。對此筆者是有些訝異的；法學的四個判決原則：「應報、阻嚇、預防再犯、社會歸復 (retribution, deterrence, incapacitation, rehabilitation)」，怎麼一去到精神病患，好像就只剩下社會歸復了？

2023年7月前後判決的產後抑鬱女子殺嬰案中，被告的判決是兩年感化令，法官亦多次強調被告回復健康精神狀況的重要性。再回看前邊的「關於荷里活廣場斬人案」篇章，不少判決都集中強調如何協助病者康復。那對被害者的不公呢？對大眾的阻嚇性呢？

不知這是因為道德還是其他考量，或只是筆者不熟刑法所以思慮不周，大部分評論家也不會或者不敢說可重判精神病患者。但這種處理，筆者覺得反而標籤了他們，甚至間接標籤所有沒有犯罪的精神病患。醫生或精神病關顧組常叫大眾不要歧視害怕精神病患者，有攻擊性的只是少數；但這說法好像跟精神病患能減刑這個基礎有點矛盾？如果想大眾不歧視他們的話，就不要把他們標籤出來，這跟叫人不要想像粉紅色的大笨象是同一道理。

無論是否有精神疾病，犯法的話一視同仁，既然有攻擊性的只是少數，那就讓這少數承擔相應的責罰。如果制度如此，相信社會上對精神病患的恐懼就不會那麼明顯，也不會再出現「佢傻㗎，你告佢都冇用」這種想法了。

# File 02

## 做人梗係以德服人，
## 暗算另計

# 平安七寶

　　香港的戰後嬰兒潮普遍是指1945年日佔結束後的20年，數數手指這批最大的人口現在都大約60至80歲了，因此如何處理人口老化是近幾年香港其中一個重大議題。不少機構看準了這個商機推出「平安三寶」，漸漸還出現了「平安五寶」，筆者甚至聽說過「平安七寶」，包括遺囑、持久授權書、預設醫療指示、身後事規劃、生前告別式、保險及信託。

　　不知道是否集齊這七顆「龍珠」就能召喚出神龍，實現任何願望呢？筆者作為律師，比較了解的是遺囑、持久授權書及信託，遺囑及信託會以獨立篇章詳述，這篇會集中討論第二項，持久授權書。

　　筆者近年也更多接觸與遺囑及遺產相關的案件，令人頗有感觸的是仍有很多客戶總要到最後一刻，親人精神上

快失去行為能力甚至已經失去時才處理財產事宜。必須注意，精神上失去行為能力的人簽署的遺囑是無效的，所以見證簽署遺囑時，如果對象超過65歲筆者都會要求其出示醫生證明以確認其精神狀況健康，亦有客人會要求在醫務所與醫生共同見證下簽署，以確保遺囑的效力。

　　印象較深的是某次有位客人說要替他90多歲的年邁父親處理遺囑及持久授權書，筆者就照指示替他約好醫生在本行準備見證。因為立遺囑人年紀是真的老，所以筆者已再三詢問他父親神志是否清醒，而客人亦再三強調老人家是精神的，可以簽署文件。所以當天早上當他按響律所的門鈴時我還真的呆了一呆，因為他推進來的，是一個坐在輪椅上反著白眼、流著口水的老人家；不要說拿筆簽署文件，筆者甚至懷疑他能否理解我們說的話。醫生做過檢查後，自然認為老人家的精神狀況不適合簽署任何文件，就只能建議他兒子申請成為產業受託監管人了。

# 長者財產管理的法律工具

那麼，甚麼是「持久授權書」和「產業受託監管人」呢？先說一說持久授權書，一般的授權書在授權人被診斷出精神上失去行為能力時，它就會失效，而持久授權書即按照香港法例第501章《持久授權書條例》，能在授權人被診斷出精神上失去行為能力時繼續生效。

例如如果某位老人以一般授權書授權他的兒子替他管理物業，但某天突然中風後昏迷不醒，那他的兒子理應再無權管理該物業，不能放租更不能賣掉它以用作父親的醫藥費。而「持久授權書」的作用是讓獲授權人在授權人精神上失去行為能力時，仍能動用他的部分資產，好讓獲授權人能照顧老人家的生活。隨著人口老化，失智症及認知障礙等越來越常見，持久授權書也就越來越普及了。

有些人會搞混了它和遺囑的分別，簡單對比就是：

1. 持久授權書是在當事人「精神上失去行為能力」至「去世」之間生效，亦能在簽立時立即開始生效直至當

事人去世，而遺囑則是在當事人「去世」後生效；

2. 持久授權書的重點是讓獲授權人能動用當事人的財產，一般情況下也是「用作當事人身上」，例如繳付當事人的生活費、醫療費等等，而遺囑的重點則在「分配遺產」，當事人人都走了自然就不是用在他身上了。

過去其中一個筆者曾經處理的案例中，一位老人家自從子女都移民海外後就住進了老人院，其持有的唯一一個物業則暫時空置了。但某天該物業竟被人霸佔了，甚至連門鎖也被更換。老人家行動不便處理不了，移居海外的子女亦難以提供協助，即使報警警察也表示必須得到業主在場同意才能爆鎖進入單位。考慮到老人家可能慢慢亦會失去精神行為能力，海外的子女就匆匆聯絡上我們，希望我們到老人院替他簽署持久授權書，授權香港一位親友處理陪同警察到訪單位驅趕霸佔者，然後再將物業出租。最後筆者與一位精神科醫生一起到老人院見證了持久投權書的簽署，而獲授權的親友亦成功驅趕霸佔者。但對方還是成功霸佔了該單位差不多兩個月，而且因為要兩位專業人士一起「送外賣」，他們的

花費可就大了。

## 持久授權書與產業受託監管人

　　那麼如果沒有持久授權書的話，親友又如何合法動用精神上失去行為能力者的財產呢？那就唯有如前文所述般申請成為「產業受託監管人」了。產業受託監管人是經過法庭程序後，被法庭認可協助管理精神上失去行為能力者的財產的人。申請人一般都是當事人的親屬，申請程序繁複大多需要律師協助處理，而且需要最少兩名醫生簽署文件確認當事人真的精神上失去行為能力，牽涉費用高達六位數是常事。而且即使申請真的成功，監管人的權力也會受法庭限制，申請後亦無權左右遺產的分配，遺產的分配只能根據最後訂立的遺囑或《無遺囑者遺產條例》安排。所以這個程序筆者認為是最後的補救措施，就為了能讓老人家安享晚年，然後把爭拗遺留給後人。

　　不少比較有規劃的客戶會成立家族信託，以免未來出現爭拗。以前一般身家不過億也不會考慮家族信託，

現在因為成立信託的成本越來越低，所以資產值上千萬的客戶也開始使用信託管理資產，後邊「Case 2.3 信託服務不僅僅是富人的選擇」中將重點討論。

「平安七寶」，雖然集齊後應該不能召喚出神龍，但還是請各位要多多考慮，未雨綢繆。從筆者的角度看，大眾最少亦應準備遺囑及持久授權書，不要再出現那種推著一個反白眼的老人家說要簽遺囑的情況了。

# 遺囑的重要性

　　筆者印象最深的一次遺囑簽署,是為一位由細看顧筆者長大的姨姨見證的。

　　某天她感到身體不適而去求醫,檢查後被診斷出末期癌症,醫生推斷也就剩下幾個月壽命,建議她馬上入院。一切都是來得那麼突然,所以她從來沒有為自己的財產做過任何打算。於是她聯絡上筆者為她草擬及見證簽署遺囑,筆者跟她溝通了數天,確定遺囑內容後就帶著公司實習律師一起前往醫院為她見證簽署。

## 預防爭議的準備

　　因為筆者們預視她的部分遺產可能會惹來爭議,所以所有流程都非常小心謹慎,由保存草擬時的對話紀錄以至醫生紙,並在見證時全程錄影以確認神志清醒等都做得十分充足。一兩個月後她真的就走了,筆者亦由宣

讀遺囑以至為遺囑執行人提供意見都全程跟進完成，將發生爭議的風險減至最低。

筆者不是未有見過親友離世，但那時筆者還小，所以能幫上忙的不多。而這次筆者慶幸自己長大了，多少有能力幫上忙了，並真的能盡一個律師的責任而將爭議防範於未然。就筆者個人意見，律師的職責是「解決爭議」，而解決爭議最好的辦法是「將爭議扼殺在搖籃裏」。例如一份商業合同如果寫得足夠清楚，每一方都了解各自承擔的責任而難以迴避，就不會出現側側膊唔多覺的責任迴避問題。遺囑更是如此，只要寫得足夠清楚而且有固定執行方式，親友自然就不敢提出異議以致家嘈屋閉。雖然這種想法會令筆者們能賺的錢變少了啦，但筆者覺得這才是律師的真正價值所在。

## 節省與風險之間的權衡

說回遺囑的草擬，近年來香港大眾都逐漸意識到遺囑的重要性，普遍願意為此花點時間金錢。當然如果資產不多的話，在市場上找比較便宜的選項其實不少的。

但如果多少有點物業或有境外資產，還是不要吝嗇找專門處理遺產律師的錢。筆者見過不少遺囑還是頗有疏漏的，例如沒有寫上其中一位遺囑受益人先於立遺囑人過世或拒絕繼承遺產的話，他的份額會怎樣處理。甚至曾見過一些遺囑連「剩餘遺產」如何分配都沒有有寫上或寫得不清不楚，那未來處理遺產時此部分可能就會被視為「局部無遺囑」，處理時就更複雜了。順帶一提如果你不知道哪裡有專門處理遺產的律師，這裏就有一個，拿著此書找筆者筆者給你打個折。

筆者也見過一些人不知是為了省錢或是不想分享個人資訊，寧願自己手寫遺囑也不願找專業人士代勞。筆者曾處理過一位病人在病入膏肓時自己手寫的一份遺囑，這是有可能有法律效力的，但執行時限制頗多。當時為了執行她這份遺囑，法庭還詢問了是否所有在世的可能受益人都同意其內容，申請了幾年才獲批。更有些人是堅決不準備遺囑的，他們可能是認為意頭不好，亦有人曾說這是他的錢，要是自己走了那隨它怎樣就怎樣吧，反正他也看不到。

以上想法都是可以理解的，所以筆者常常鼓勵客戶好好把錢花光，或是捐了它也好，一塊錢也不要留給下一代。遺囑是很重要，但筆者認為本人的意願更重要，如果長輩不喜歡立遺囑的話，倒不如鼓勵他把錢都花光，或是都捐出去吧，自己的錢自己賺。而且這樣就不會再有那些20歲就開著林寶堅尼四處逛的富二代了，啲女都比你溝曬啦，筆者仲點搵食？

## 關於跨境遺產繼承

那如果死者真的沒有遺囑，遺產會如何分配呢？如果只有香港遺產的話，由親屬申請遺產的管理權不算太難，處理分配也不是特別複雜，只要根據香港法例第73章《無遺囑者遺產條例》第4條列出的不同情況分配就可以了。所以分配比例的可爭議地方不大，比較常惹來爭議的反而是「遺產管理人」這個位高權重的位置，這點在後面Case 2.2中會搭配一些案例分享更多。

而比較複雜的是牽涉兩地遺產的跨境繼承。筆者是一個主理資產及遺產管理的律師，因此處理過很多關於

跨境遺產繼承的查詢。無論是香港人在內地有財產，或是內地人在香港有財產，相關的遺產繼承也特別複雜，所以在此跟大家分享個大概，好讓未來真的有需要處理時能少走冤枉路。

香港和內地的嬰兒潮也是在大約六七十年前，屈指一算會發現他們也差不多「時候到」了。加諸他們是戰後重建的一代，很多都累積了大量財富並在中港兩地都放置了資產。那麼他們離世後這些遺產的管理如何安排呢？

## 內地與香港法律框架下的挑戰

先說香港人，不少在內地也有開立銀行戶口甚至買了物業。而他們離世時，在完成香港法院的遺產承辦程序後，遺產管理人還需要先做中國公證，確認香港法律下死者的遺產安排後，才能領取內地遺產。但這方面的中國公證格式經常更新，不緊貼官方公佈很可能繞了幾圈依然停滯不前，所以務必找真的有經驗有實力的中國公證人協助處理。加上很多時內地相關部門也要求全部

受益人都同意該些遺產的分配，繼承的難度亦相應增加。

那內地人在香港有資產的情況又多不多呢？不意外地還挺多的，主要因為回歸後開始有大批保險從業員北上發展。香港的保險及基金產品對內地人而言有一定吸引力，加上被「西裝骨骨」的香港人 sell 的優越感，不少內地人都手持一份甚至多份保險。他們離世後，贖回或續供該些保險產品時，大部分都需要經過香港法庭判定遺產管理人是誰，然後由管理人向保險公司申請。這部分比前段的流程更複雜，因為首先需要

(1) 中國律師出具法律意見書，建議誰能成為遺產管理人；

(2) 遺產管理人如果不是長居香港，需要提供香港的擔保人；

(3) 如果提供不了香港的擔保人，就可能要授權香港律師處理。

是否有點複雜？詳細可以再問律師，總之很麻煩就是了，麻煩到即使是律師樓有時候也為了迴避這些程序

而嘗試「博懵」。

曾有客戶反映，某間律所的職員申報他長居內地的爸爸為香港居藉，希望藉此簡化申請程序。但法庭看到死者沒有香港身份證，就要求客戶提供更多證據證明死者的居藉是香港，以繼續比較簡單的「申請香港人的遺產承辦」程序。

該律所職員甚至教他誇大或捏造爸爸在香港的生活軌跡，變相要他配合發假誓；如果真的準備這些文件後東窗事發，後果真的不堪設想，所以大家在委聘律師樓時也請務必留神。My Lawyer的官方網站有上載一份筆者撰寫的「跨境遺產繼承手冊」，有興趣的讀者可以去下載看看，雖然最後真的能自己一手包辦的可能性也很低，但最少不會被其他人把你忽悠得一愣一愣的。

以上只是簡述一下跨境遺產的安排，簡而言之就是：很煩，花很久，又燒錢。而且這裡討論的還只是「確認管理權」的程序，實際分配還要遺產管理人進行額

外的處理。

　　處理國內遺產尚且如此，處理於其他西方國家的遺產就更不用說了，還有隱藏的稅務考慮。所以跨境投資別想得太簡單，如果一個投資項目吸引的話本土早就消化了，何必花錢到港宣傳再一車車送大家上去投資？過世後遺產的承辦又困難，資金如何離境亦不確定，基本上全是風險。所以，其實這篇是筆者自發為香港政府寫的工商文，鼓勵大家留港投資消費，不要再四處逛啦，外邊的世界很危險的啊。

## CASE 2.3

# 信託服務不僅僅是
# 富人的選擇

　　筆者的專項是遺產和資產管理方面的法律服務，信
託是其中一個主要業務。而筆者在不同地方做演講時，
每每提及遺產及信託都會面對同一個問題：「這不是有
錢人的玩意嗎？會不會很貴？」

　　筆者每次的回應都是這樣：「以香港人平均資產值
而言，真的不貴，但的確亦不是每個人也需要的東西；
就我個人經驗而言，如果你有兩個物業、或是資產值達
八位數、或是子女及近親比較多、或是牽涉外國資產及
身份，都應該要考慮信託而非只是遺囑。」

　　香港人有這個疑問也不難理解，我跟行家或是有意
了解信託業務的朋友討論時，也會說到在資產傳承的觀
念上香港人大約是2.0。歐美等已發展國家的富一代在上
百年前已經出現，所以他們富一代的財產如能成功傳承

的話已經傳到第四甚至第五代。因此他們對信託的應用已經很熟悉，觀念已去到3.0甚至4.0以上，亦即家族辦公室或更隱密的工具。

例如美國的羅斯福家族，政治歷史超過300年，家族內出過兩代美國總統，其成立的羅斯福信託也已超過100年的經營歷史。而香港第一代比較有錢的人，大多發跡於九七年回歸後，因此在香港能找到的一般也就富二代三代，香港人的傳承概念大致就停在遺囑，對信託也是剛剛接觸，理解不深。而中國內地則在90年代經濟改革後才逐漸富起來，富二代以人口比例而言也不及香港多，所以大部分人連遺囑也還不太認識。內地甚至連遺囑的草擬方式也是在2021年《民法典》正式實施後才有一次大翻新，而對於遺囑執行人及遺產承辦的概念還處於有點模糊的階段，就更別談信託的設立了。

說了這麼多，其實什麼是信託？說白了就是一個很簡單的概念：你信任某個人，然後將手上的資產託付給他，由他為你或你指定的受益人使用。

當你將資產託付給他後，他就成為「受託人」，視乎你給他的指示，他能夠有限度甚至全權處理你的資產。其實如果曾訂立或見過一份遺囑的讀者可能也會發現，即使只是訂立遺囑，信託也是會自然生成的，因為遺囑中的「遺囑執行人」就會成為了你的「受託人」。所以成立信託並不是什麼與別不同的東西，如果簡單整合的話與遺囑的分別主要也就三個：

1. 信託在世時已能成立，也能將資產注入以起財產隔離的作用

2. 一般會指定親友以外的信託公司或銀行作為受託人，執行信託內容

3. 信託可以延長遺產的分配時期，更確切地實現先人的遺願

細分的話還有很多，但我覺得大體都是由這三點引伸開來的，而這三點正正是為什麼大家應該考慮信託的原因。

## 信託的財產隔離作用

首先當一個信託成立時，資產會轉移到受託人的名

下。如果是全權委託的信託，這些資產將會與信託成立人隔離開來。也就是說即使信託成立人未來面對破產或離婚等情況，信託下的資產亦不會被牽連。

這方面的功能對做生意或擁有「多於一頭住家」的人來說尤其吸引，所以坊間常常說有錢人在面對經濟低谷前已將資產轉移，說的就是用信託方式將資產隔離。

另一個將資產隔離的好處就是享受稅務優惠，對於一些即將移民的人來說，持有物業或大量股票可能會在獲得居籍後被徵重稅，所以也需要在得到居藉前將資產轉移到信託。

## 信託在遺產分配的作用

如果你認為剛剛的理由是有錢人的問題，那現在這個理由就是大眾都要考慮的問題了 - 委託親友以外的信託公司作為受託人執行信託內容。大部分的遺囑也是委任立遺囑人的親友作為遺囑執行人，在大部分情況下這也是不理想的。遺囑執行人的權力很大，可以選擇何時

以何種價格變賣資產，亦可選擇將資產原封不動直接轉交給受益人。但就因為他的權力這麼大，所以很容易出現糾紛。

過往香港人沒多少資產可能不太有感覺，但現在不少人也富起來了，當你有一兩個物業的時候，很難不令現在置業艱難的子孫不垂涎三尺。如果還未感覺到遺囑執行人的權力有多大，多舉兩個例子大家就容易理解了。

## 例子一：兩房人爭奪遺囑執行人的位置

死者在與前妻離婚後迎娶了另一位女士。兩位女士與死者各有子女，於是死者死前作了一個重大決定：從兩房人各挑一位擔任遺囑執行人，聯合管理他的遺產。

老實說死者的遺產不算多，主要也就一個物業，所以死者大概認為這樣已經足夠而且公平吧。但結果是兩房人爭執不斷，一邊認為要賣出物業，一邊認為要繼續收租，處理銀行存款時亦未肯互相配合簽署相關文件。結果遺產的繼承分配一拖再拖，最後無奈對簿公堂需要

法庭定斷。如果只委任其中一房做執行人呢？我另一件案子中就是這樣，結果那房人完全無意將財產分配給另一房人，最後同樣是要對簿公堂。

## 例子二：兄弟姊妹將責任互相推卸

6, 70年代的香港人多有好幾個兄弟姊妹，這些兄弟姊妹在90年代不少選擇了移民而各散東西，只剩下其中一兩位留在香港。父母死後，在香港的這位兄弟姊妹自然會被委任為遺囑執行人，然後就出現被迫無償管理遺產的情況。

一開始還好，但當牽涉物業時，無論買賣還是管理出租都由這位執行人負責，他的壓力會越來越大，心理也越來越不平衡：「憑什麼我自己管得這麼辛苦，其他在海外的兄弟姊妹卻逍遙快活還有錢分？」

但海外的兄弟姊妹又會認為遺產是大家平分的，無論給不給執行人費用、給多少費用，也會有人覺得不公平，那些兄弟姊妹的枕邊人更是會有很多意見。加上執

行人畢竟不是專業人士，經過多年的管理後賬目混亂，是否有中飽私囊亦無從得知。久而久之，關係惡化並最終同樣對簿公堂。極端一點的，筆者還見過一位在香港的執行人將所有物業賣出然後一走了之移居海外。你要在海外作出訴訟嗎？是做得到，但律師費可就貴了。

以上這兩個例子中牽涉多個個案，受爭議的遺產額小則HK$50萬多則HK$2億，所以筆者認為並不存在資產少的話就用不上信託的說法。另外如果委託信託公司管理遺產，在遺產承辦的程序上也會快很多，特別是如果死者有多於一處的居留權或是有海外資產，成立信託就能免卻部分遺產承辦的複雜程序。

## 信託在傳承方面的作用

信託跟遺囑不同的另一特質，就是大部分信託都有較長的分配時期。大部分的遺囑受限於遺囑相關法例及遺囑執行人並非專業人士等限制，一般不會設定太複雜的分配條件。

但信託在信託法下，受託人可長期監管信託內的財產，分配的條件就能更複雜。信託的分配條件會記錄在「意願書」內，例如可以規定每年只能從信託中撥出某個金額作為兒子的生活費以防濫用，或是規定女兒在出嫁時能在信託中提取某個數額作為嫁妝。這能防止不善理財的子女將財富揮霍一空，亦能保障未成年子女不會被監護人濫用他獲分配的財產，對長期的財務規劃而言很有幫助。

綜上所述，正如筆者前面所解釋，如果符合以下其中一個條件，你已經可以考慮以信託取代遺囑了：

1. 你有兩個物業或以上（因為會牽涉收租管理等問題，比較麻煩）；

2. 你的資產值達八位數（一下子把一大筆錢交到子女手上，會誘使他們揮霍一空，可參考本書「Case 2.4 從梅艷芳信託看財富傳承」）；

3. 你「重要的人」比較多（除了避免爭拗，信託的保密性亦能藏起部分資產分配條款）；

4. 你的資產牽涉外國資產（稅務問題）；或

5. 你有多於一個國籍（稅務問題）。

最後提一提成立信託的費用，視乎資產值的多寡信託的費用由幾千至幾十萬都有。另外還有年度管理費，一般以資產值的某個百分比計算，較小型的信託公司和銀行相比差距甚大，由0.3%至1.5%也有聽過，有興趣的讀者可以多格價並尋求專業諮詢。

真誠建議有一定資產量的人真的不要省這些必要支出，不然索性將遺產全數捐出去或趁在世時揮霍一空好了，財散人安落呢！很多時先人留下的財產，不論多寡本意也是一份祝福或期盼，但鉅額的財富往往會變成一份詛咒，筆者每次處理此類案件時也甚是感觸。希望後人們也能多理解先人的心意，在遺產上少一份執著，先人也就能含笑九泉了。

CASE 2.4

# 從梅艷芳信託
# 看財富傳承

　　每每談及信託時，業界必然提到一個例子——已故
樂壇天后梅艷芳所成立的Karen's Trust。不是說它成
立得多好，主要還是因為其曝光率高，而且在梅姐的親
人長期爭奪 信託財產的過程中，很能體會到信託的獨立
性和財富傳承的作用。身為一位信託專家，筆者當然也
要跟大家分享一下這個重要的話題。

　　說回梅姐的信託，梅姐於2003年12月30日過世，
因急病及工作關係梅姐並未能完成整個信託的建立，因
此只能以遺囑為依據，將所有財產注入家族遺囑信託的
範圍。而梅姐的意願如下：

　　1. 母親覃氏每月獲7萬港幣生活費

　　2. 胞姐的兩個兒子及兄長的兩個女兒，共獲170萬
港幣的讀書基金

　　3. 好友劉氏獲贈香港一處不動產及倫敦的兩處不動產

　　4. 餘下財產在母親百年歸老後，捐給某佛學會

梅姐的意願本來很清晰，可惜的是她來不及在過世前完成信託的建立，遺留下遺囑被挑戰的可能。而且因為信託未能完全建立，梅姐的財產未能在去世前放到信託內，因此信託受託人只能在處理遺產承辦時登記這份遺囑，變相必須公開。這也直接導致了未來持續十多年的遺產爭奪戰，如果信託成立了的話，相信能爭辯的空間就會少很多 ，梅姐的家人或許也不會被這份龐大的遺產蒙蔽雙眼，能好好過日子了。

遺囑公開後不久，梅媽便於2004年向法院提起訴訟，稱梅姐是在神志不清的狀態下簽立遺囑的，主張「該遺囑無效」，希望獨得所有家族信託內的財產。

為什麼會有這個主張呢？因為如果梅姐的遺囑無效，財產的分配便根據香港第73章《無遺囑者遺產條例》處理。在梅姐未婚而且沒有子女的情況下，他的遺產會由仍在世的父母，亦則梅媽一人完全繼承。

平心而論，如果各位是梅媽的話，真的能忍著不去搶奪當年高達數千萬元的遺產？就筆者過去處理這麼多

遺產訴訟的經驗來看，這也算是人之常情了。

順帶一提，可能大家也會好奇，如果梅媽不搶的話，每月7萬港幣的生活費真的不夠嗎？據悉梅媽於2008年的每月開支真的遠高於此數，其支出包括：

1. 跑馬地2000呎連花園單位（包水電、差餉、租金）——4萬元

2. 交卡數，包括油費、飲食及日常開支——2萬元

3. 2名女傭及1名司機工資 ——1.5萬元

4. 償還債務（部分為訴訟產生的律師費）—— 1.5萬元

5. 6隻狗生活費 ——1萬元

6. 燕窩、人參及補品——1萬元

7. 供養梅啟明一家——1萬元

上述費用是否合理就不予置評了，只能說可能他養的狗過的生活也比筆者好呢。

訴訟持續了足足八年，梅媽一再上訴，屢敗屢戰。直至2011年5月終審法院作出終審判決，梅媽再次敗訴，財產繼續由信託公司管理，就「遺囑及信託是否有

效」的爭議才總算告一段落。

## 信託法的權利與限制

但正當大家以為事件已塵埃落定時，梅媽又再死灰復燃，於2015年以「已獲得所有收益人同意」為由向法庭要求取消信託。這是什麼意思呢？這裡就牽涉信託法的一個普遍性概念。根據英國的指導性案例 Saunders v Vautier ([1841] EWHC J82)，如果信託內所有受益人同意置換受託人甚至取消信託，法庭應予以批准。

雖然不知道梅媽是從何處聽到這種概念，但這主張明顯不可能獲得所有受益人同意，特別是梅媽百年歸老後能分得遺產的佛學會。結果梅媽的要求再次被拒，雖然此時他的生活費據報已被調節至每月15萬元。往後數年，梅媽仍對當時已累積過億元的信託虎視眈眈，例如於2017年便以「作為受益人自己還有15年命」為由，向法庭要求一次性提取信託中共 HK$7,100萬，其請求再次被拒。

## 案例中的財務安全與破產

值得留意的是，於2012年前後因為訴訟纏身，所

以梅姐信託內的現金所剩無幾，梅媽亦於2012年因拖欠230萬元律師費被法庭頒令破產，生活一度拮据。據稱當時梅媽需要靠梅姐的粉絲接濟才能維持基本生活水平。直至2013年，梅姐信託的受託人以港幣1億4千萬元出售梅姐故居，信託人才得已繼續向梅媽支付生活費及向破產管理人償還梅媽的欠債。

前面說到梅媽當時每月能從信託獲得大約15萬元，當時法官就是每月分配約5萬予她作生活費，另外每月交給破產管理人約10萬元作還款之用。這也是信託的好處，因為信託資產會跟受益人的資產隔離開來，所以就算梅媽這位受益人破產也不會令信託被取消，並不需要將信託內的資產全部提走。而往後十年梅媽依然能從信託中分到生活費，於2016年破產令結束後更是持續分到每月20萬元以上的生活費，很好的體現了信託長期保障受益人生活的功用。當然對當事人來說，每月20萬元是否足夠又是另一回事了。

# 紙婚

要數2024年最矚目愛情故事，相信應該是李龍基基哥力挺未婚妻Chris的一段「佳話」。即使Chris被揭學歷做假，更因偽造文書等罪被捕，但基哥依然不離不棄，在採訪片段中說「Chris愛我，我愛佢就足夠。」甚至說出愛的宣言：「佢一出嚟我一定會娶佢」，真有種"us against the world"的氣魄。

姑勿論最後是否真的會有情人終成眷屬，但基哥說出愛的宣言時所帶的覺悟，還是很值得一眾男士仿效。

不知大家又有沒有聽過什麼印象深刻的愛的宣言呢？筆者近年去過太多婚禮，聽得多少也有點麻木了。雖然新郎新娘各有不同，但婚禮流程基本上也大同小異：MC說兩句話、新郎新娘進場、所有賓客在MC帶領下熱烈鼓掌不斷影相、證婚人進場、邀請父母親上台見

證、愛的宣言後準備簽婚書、前度衝入會場大叫「我有異議！」、前度拉著新娘跑出禮堂... 噢，我好像記錯是某韓劇的情節了，但反正韓劇也跟婚禮差不多，都是同一個模子量產出來的吧？

不過在婚禮中聽著一對新人說出永結同心的誓詞時，多少還是會被觸動的。同時漆黑的小腦袋也在想：他們是否會離婚呢？如果會，離婚時又會否想起這段誓詞呢？想著想著又開始好奇誓詞為什麼都是千篇一律的，是不是法律有相關規定。

根據香港法例第181章《婚姻條例》第21(4)(a)條，由登記官或婚姻監禮人主持的婚禮須在2名或以上見證人在場下，以下述方式舉行：

(i) 登記官或婚姻監禮人須首先向雙方宣述：

「在兩位結為夫婦之前，本人在職責上要提醒你們：根據《婚姻條例》締結的婚姻是莊嚴而有約束力的，在法律上是一男一女自願終身結合，不容他人介入。因此，[男方]和[女方]，你們的婚禮雖然沒有世俗或宗☒儀

式，但你們在本人和現時在場的人面前當眾表示以對方為配偶，並為此簽名為證後，便成為合法夫妻。」

(ii)男方隨後須向女方宣述：「我請在場各人見證：我XXX願以妳YYY為我合法妻子。」

(iii)女方隨後須向男方宣述如下：「我請在場各人見證：我YYY願以你XXX為我合法丈夫。」

所以其實法律要求很簡單，大家平常在早拍晚播聽到什麼無論順境逆境、貧窮富貴，都永遠對你忠誠直到永遠，這些都是說完法律要求的誓詞後額外加上去的。難怪這些誓詞會如此空泛！這種愛情電影般的對白令人根本感受不到現實情況，要我說的話應該將這些誓詞加入大量現實的可能性，譬如說：

「我請在座各位見證，我XXX願以妳YYY為我合法妻子。無論你雙腳癱瘓、昏迷不醒、爛賭吸毒、破產負債、家暴虐待，我亦對你忠誠。未來若真離婚也願意分你一半身家，還要給你膳養費，直至永遠。」

這樣的誓詞是否更符合現實，又不至於千篇一律

呢？想必你的親朋好友在聽到後也會因你們真摯誠懇的愛而動容！強烈建議婚姻策劃公司考慮考慮，筆者不會要求版權費的請隨便抄襲。

## 離婚訴訟中的財產分配

剛說完婚姻美好浪漫的一面，讓我們又看看現實殘酷的另一面 - 離婚。諸多種類的法律訴訟中，最令筆者感觸的往往是離婚訴訟。當初二人宣誓要不離不棄是多麼浪漫、多麼容易，但現實生活不是迪士尼故事，不會總是Happily Ever After。誰對誰錯往往說不準，所以法庭的著眼點也不是這段婚姻中誰做得比較錯，而是希望能盡量公平分享婚姻資產，同時保障雙方離婚後的生活品質，將傷痛減少。

而離婚爭執中較常見的就是關於婚姻居所的瓜分。香港樓價高企、年輕人上車困難是普遍的問題，因此其中一方的父母繳付大筆首期由夫婦二人供款是常事。但如果真的離婚，這筆賬又如何計算呢？這就衍生好幾個可能性。首先，婚姻居所的瓜分以50/50為基本原則，

假設繳付首期的是A的父母，如果法庭接納其中一方繳付首期是作為夫婦ＡＢ二人結婚的禮物，離婚後婚姻居所的業權可能就要五五平分，A父母繳付的首期就等於有一半送了給對方。

如果法庭認為A的父母是以借貸形式將首期借給ＡＢ二人置業用，故事就可能不一樣了。就如你跟銀行借款，是要每月供款償還的，瓜分婚姻居所後這份債務需要ＡＢ二人各自承擔。更甚是如果A能證明兩夫婦只是替A的父母代持這個物業，每月他們作出的供款只是給父母的租金，直接用作償還按揭，那ＡＢ甚至不能瓜分婚姻居所而需將它交還給A的父母。

很複雜嗎？誰叫你草率地訂下一生一世的誓言，又絕情地丟棄永結同心的婚戒？而且還連累了無辜的孩子，面對再多的麻煩也只能認了吧。偶爾見到一些20歲前後的年輕人在證婚人面前說出什麼「一生一世」、「永遠對你忠誠」的誓言，難免有種兒戲的感覺；希望每位說出這段誓言的人都能真切了解背後的意義。如果你了

解的話，最少離婚的時候你應該多帶著一點愧疚的心，而不是任由憤恨操縱自己去處理關於婚姻協議書

## 婚姻中的「平安紙」

　　婚姻協議書，筆者又稱為婚姻關係中的「平安紙」，是兩夫婦在結婚前後簽署、關於各自財產安排的同意書。婚前簽署的叫婚前協議書，婚後的即婚後協議書。如果雙方離婚，雙方可以按協議書內容而非以「平分」的原則分配資產。

　　無論婚前還是婚後協議書，直至10年前左右在香港還是未被承認的，因為這種文件被認為違反公共政策。

　　始終婚姻追求的就是一份甘苦與共，很多誓詞不是還說「不論疾病貧困、海枯石爛也會對對方忠誠，直至永遠」的嗎？這個「永遠」還未到達就先考慮離婚的可能性，說出來也自覺矛盾吧。但始終人會變月會圓，如果其中一方出軌或性情大變，勉強延續婚姻也是一種痛苦。特別是在現代崇尚自由開放風氣的前提下，擔心婚

姻關係惡化而提前簽署婚姻協議書，為自己做個保障也是人之常情。而於近年SPH v SA [2014] 3 HKLRD 497一案中，香港終審法院便就婚姻協議提出現代的看法。

案中兩夫妻都是德國人，因為主要居住地在香港的關係，他們於2008年2月在香港半島酒店結婚。可能因為二人結婚時都已經40歲左右，思想比較成熟財產亦頗多，而西方國家對於婚姻觀念也較為開放，所以結婚前已經簽署了婚前協議書。他們的婚姻關係在2年半後破裂，妻子於2010年10月在香港正式入紙申請離婚。法庭充分討論了一些英國和香港案例，指出「否定婚姻協議書」是一種過時的看法，如果一份婚姻協議書是在雙方自願、未有被脅迫而且公平的前提下簽署的，法庭應該對其賦予決定性的影響力。

因此，在SPH v SA [2014] 3 HKLRD 497 一案後，婚姻協議書的效力被法庭正式認可。一般認為無論婚前或婚後簽署的協議書都可以成為有效的婚姻協議書，但如何才算自願而公平就很「彈性」了。例如如果

女方是懷孕下簽署的，就有可能招人話柄，因為雙方都有可能表示對方是恃著有孩子來脅迫自己簽署，自己是「為了孩子」才無奈接受的。誰知道這是否事實呢？只能說法庭始終以無辜的孩子的利益為最優先，法官也是人，也會被一些模糊的事實影響決定。所以一般會建議在結婚前一個月左右，雙方清楚了解各自的財政狀況及未有額外的家庭或親子壓力下簽署婚姻協議書。

## 是否應該準備這份婚姻中的「平安紙」？

是否建議親友客戶準備婚姻協議書，筆者始終抱持一種微妙的態度：一方面既然你們願意結婚就理應認真對待，有離婚的選項已經很好了，還要求離婚後不影響你的個人財產？那當初結婚的意義何在？但另一方面，律師可以收律師費… 不是，應該是當面對離婚的痛苦時，如果沒有這樣一張平安紙，屆時的爭議會帶來更多痛苦。

MKK v YSM FCMC11948/2010 就是一例。案中夫婦於1972年1月在香港結婚，後來丈夫懷疑與一名林

姓女士有染，夫婦二人遂於2000年7月開始分居。但直至2010年9月，丈夫才正式入紙申請離婚。而因為夫妻二人的孩子均已成年，所以訴訟的重點只有財產上的爭議。離婚前過去十多年間妻子累積的財富遠多於丈夫，法庭在判詞中推算丈夫的淨資產值大約HKS67萬，而妻子的淨資產值則大約HKS5,000萬，所以丈夫申請離婚時要求分得HKS3,160萬的資產。

妻子指出在過去長久的分居中，夫婦二人的財政完全獨立，一般的平分原則理應不再適用。但法庭指出「財政獨立」的因素只應在處理短促的婚姻時考慮，案中婚姻關係長達28年以上，因此財政獨立因素並不相關。加上雙方在分居後也不是毫無聯繫，亦未有簽署任何婚姻協議書，法庭因此判定雙方的財產應視為婚內財產，適用於平分原則。最終，法庭判決妻子要支付約HKS2,000萬予丈夫，並須於6個月內清繳。

對於這種情況，不知大家是怎麼想呢？「丈夫出軌，離婚後還能分到妻子二千萬元分手費！？」如果新

聞標題是這樣寫，相信會引起公憤吧？但法庭的考量也是有根有據的，雙方分居後10年也不正式離婚，又不簽署任何婚後協議書，而且雙方並非完全毫無往來，如果說成這是他們二人獨特的相處模式也合情合理，畢竟世上愛情的形式就是有成千上萬種。加上即使計算只分居前的日子，婚姻關係也長達28年，雙方無論金錢或是非金錢上對家庭的貢獻也是難以分割的。但如果妻子當初分居後馬上提出雙方要簽署婚後協議書（此情況下亦可稱為分居協議書），有這份「平安紙」在情況也許就大大不同吧！但無論如何，希望每位結婚的夫婦也能了解婚姻的真正意義，或許只有真的了解了，才能學會放下執著、多為對方設想，並真正做到心中的「平安」吧。

# 草擬遺囑

接續之前討論過遺囑的重要性，這裡再仔細討論一下一份遺囑有什麼要點要留意。

這篇會簡單說一說一份遺囑常見的條文有什麼，但請不要看完這篇後就真認為可以自行草擬了，畢竟一些小細節和個人化資訊是很難提及到，而且這篇文章刊出後是否有法制上的變化也無法預料。

這篇充其量就是一份遺囑基本條款的清單，如果替你草擬的人沒有涵蓋齊全就要當心一點了，可以考慮找另一位專業的協助草擬，例如某些懶搞笑又身份不明的律師。

## 遺囑撰寫的基礎

首先遺囑的第一句除了說明自己的名字、身份證號碼及住址外，接著說明的就是自己的居藉及遺囑適用法律。什麼是居藉呢？簡單點說就是你常住的地方，一般而言如果你有香港身份證又有香港住址，而且財產又集中在香港的話，居藉也就定在香港了。

近年有不少港人在中國內地也有資產，所以有些人會問是否應該在內地也準備一份遺囑。近年比較流行的做法是不用

的，因為現在香港的遺囑在內地執行已經更制度化了，程序沒有以前的複雜。反而如果兩份遺囑的內容有不協調的地方，就會出現執行困難，而且香港法庭如果知道內地有遺囑，亦可能要求提供內地遺囑以至內地的法律意見書以供參考，這樣事情就更複雜了，倒不如只在香港做一份簡單。

確定居籍及適用法律後，一般會指定一位執行人在未來執行遺囑的內容。香港的遺囑執行筆者形容是採取「集中制」的，遺產基本上由一至數位管理人管理而不需要所有受益人共同處理。這樣的好處是處理上沒那麼繁複，但亦可能出現執行人權力過大的問題。

## 執行人的權力與責任

筆者曾經處理過不少客戶，就是幾兄弟姊妹中其中一位被委任為執行人，然後幾兄弟姊妹就因分配和管理的事鬧不和。其中一宗個案中執行人甚至將資產變賣，然後帶著現金移民國外了，逼得其他受益人要在外國興訟，所費不菲。

然後就是在遺囑中細細敘述財產分配與葬禮安排了。這部分可以寫得很自由，只要言之成理的執行人基本上也要遵守執行。在此簡單提及三個要點：第一，如果之前曾經簽署另一份遺囑，而這份新遺囑跟之前那份在分配上有很大出入，最好作個書面紀錄解釋為何有如此巨大的出入，那麼未

來如果有人嘗試推翻新遺囑，成功率也會減低。

第二，在遺囑中要寫上「剩餘遺產」的受益人。剩餘遺產是在執行人完成你遺囑裡指定的饋贈，例如將指定物業遺贈予某名子女，並清還你身前的債務及殮葬相關開支後剩餘的遺產。遺囑中一般會指定執行人有權將剩餘遺產全數轉換為現金，或是要保持原封不動地饋贈給受益人。如你在遺囑中沒有指定「剩餘遺產」的受益人，這部分就可能被視為「局部無遺囑」，並需要根據香港法例第73章《無遺囑者遺產條例》進行分配。

第三，遺囑中最好提及如果其中一名受益人先於立遺囑人去世或放棄繼承時，他的份額會如何分配。如果沒有寫明的話，這部分遺產視乎情況可變得相當複雜，可能會因「代位繼承」而由該受益人的後嗣繼承、可能會被當作「剩餘遺產」處理、亦有可能被視為「局部無遺囑」，分配時更可能牽涉物業稅或其他問題，非常麻煩。

以上就是部分撰寫遺囑時需要仔細考慮的條款，還是要再重複一遍，不要看完後就認為自己會寫了，不用找律師代筆了，這樣跟看說明書學拉小提琴，然後就期望自己在公司週年表演能技驚四座一樣。這篇文章充其量是讓你拿去跟一份遺囑對一對內容，如果有些部分忽略了或不甚理解請務必問清問楚。這種一生人一次的事，還是找專業人士代筆吧。

# File 03

## 邏輯嘅嘢，
## 今時今日好難要求人人都有

# 認罪求情

　　相信大家不時都會讀到某些法庭新聞，指某案的辯方律師作出若干求情，然後法官就作出若干評論並判刑。其中不少評論都甚為尖銳，例如當辯方律師陳述被告身世坎坷，法官就回應「唔等於個個（身世坎坷）都會犯法」；又或是當某教師表示自己造福教育界多年，法官就直指被告「有出糧」，不要形容得自己那麼偉大；有時法官甚至會直斥辯方律師「唔好浪費法庭時間」。到底什麼樣的求情理由法官才「啱聽」？我們就來探討一下刑事案件的求情到底是怎樣一回事。

　　一宗刑事案件的發展方向大體上可分為三種：認罪、不認罪、控罪協商。根據政府公佈的數據，2022年裁判法院、區域法院及高等法院刑事案件的被告認罪率為25.3%、67.5%及67.6%。畢竟第一時間認罪後的判刑會相對不認罪而經審訊定罪輕三分之一，所以認罪率還

是挺高的。而認罪後，被告人就能為自己的犯罪行為求情，懇求從輕發落。當然不認罪而被判有罪後還是可以求情的，但除了會失去三分一的刑期扣減外，「被告已有悔意」一類的求情理由就會變得毫無說服力了。

不少被告是在庭上透過當值或法律援助委任律師代為求情的。你可能會想，為何要找律師代說？既然是說自己的事，難道自己會說不清嗎？

## 如何有效運用求情元素

這主要還是因為有效的求情可以包含的元素太多了：犯案原因、犯案情節、個人及家庭背景、個人特殊情況、再犯可能性、悔意、求情信、判刑對被告的影響、過往案底的關聯性、案例參考等等等等，一個沒有專業法律訓練的被告人，要自己最大限度地作出有效而有力的求情是不容易的。

這就像一位廚師要從上百種食材中挑出對味的食材，再用最理想的火喉以最合適的技巧處理，才能端出

給客人享用。除非你是常常面對刑事訴訟的老江湖，否則你真的敢隨隨便便端出一碗魚蛋冇魚味，蘿蔔勁多渣、豬皮冇咬口、豬紅鬆泡泡、大腸仲有嚿屎的嗱喳麵嗎？

律師的責任就是從被告身上最大限度提取出所有有效及有利的求情理由，並篩選哪些資訊對求情而言是有用或有害的。舉例來說，就「停牌期間駕駛」罪面言，因為罪成後必然會停牌，有不少被告人就以工作為職業司機為由，指出停牌太久會影響生計或導致失業，因而懇求較短的停牌期。但實際情況是，已有不少案例指出，職業司機難以構成縮短停牌期的理由。而一個稱職的律師必然知道這點，並考慮把重點放在另一方面：如何避免判監。對，停牌期間駕駛是有可能被判監的！胡亂提出「職業司機論」甚至有可能導致法官認為被告人沒有悔意，而這樣有機會對輕判有不良的影響。

另一方面，被告提交求情信予法官考慮也是另一個「伏位」。先解說一下，求情信一般由被告的親人、朋友、同事撰寫，會為被告的為人、背景及/或品格作出陳

述。被告自己也可以撰寫求情信，為自己陳情。

## 從悔意到自辯：求情信的藝術

那麼求情信有什麼要注意的地方呢？首先，一般而言被告都會希望透過求情信表達對犯案事實的悔意。但若求情信的字裏行間表達了被告在為犯罪事實「找藉口」的意味，則法官反而會認為被告沒有悔意。一些陳述例如「被告不知道自己的行為犯法」、「被告只是一時不小心才誤墜法網」或「被告是因為對方的無理挑釁才會打人」，都要用得極之小心。

筆者曾有一個案，被告在一宗「出售應用偽造商標的貨品」（其實即是賣冒牌手機殼）的案件中，在求情時遞交了一封自行撰寫的求情信，當中指自己甚具悔意，但奈何當時不知道自己的行為犯法。法官在考慮這封求情信時指，被告以極低價購入一批印有某品牌的商標的手機殼，不可能誤以為這批貨是正貨，亦因此不可能誤以為自己的行為沒有干犯法律。因此，法官十分懷疑被告是否如求情信所述般深感後悔。

第二，求情信要找對的人撰寫。簡言之，求情信應該找一些對被告的個人品格或日常行為有確實認知的人撰寫。這個人可以是由細到大照顧被告的父母、可以是認識了被告多年的朋友、也可以是被告常去的教會的牧師。不要以為找一些社會上有名望的人寫必然會加分，重點仍是撰寫人對被告的品格認知是否充分了解，所以隨便找一位私下不認識被告的區議員或立法會議員撰寫實非上上之策。

第三，也是最重要的一點：一封好的求情信要發自內心地寫。就算你的律師給你再多的求情信例子，每個被告是活生生的人，都有其獨特的人生軌跡。百貨應百家，現實中沒有一套求情信的寫法是必然效果拔群的。筆者多年來看過不少求情信，真摯的求情信確實在字裏行間會流露對被告真誠的感情及看法，就如撰寫者在你面前口述一樣。筆者曾有一位客戶，他被控以一項慣常可被判監12個月的罪行。而被告哥哥撰寫的求情信，洋洋灑灑2,000字，道出了他眼中患有遺傳病的被告自小面對的生活問題、社交困難及歧視，但儘管如此，被告平

時也以他殘疾的身軀參與義工活動，幫助其他更弱勢的社群。這對法官了解被告的個人及成長背景起了十分關鍵的作用。結果，法官就此案所判的監禁刑期是比預想的短了數個月。

# 認罪與否的
# 複雜考量

　　一般人對刑事案件中答辯的理解是「有做就認罪，無做就不要認罪。」但現實中答辯的抉擇往往是更艱難的。

　　首先，不認罪而要脫罪的話，就要交由法官經審訊後裁定罪名成不成立。根據政府公佈的數據，於2022年裁判法院、區域法院及高等法院刑事案件的「經審訊後定罪率」為54.0%、78.9%及54.2%。雖不至於九死一生，但脫罪率可是比擲銀賭公字更低。再者，倘若由私人聘用的律師處理，「不認罪並審訊」所招致的律師費遠比「認罪求情」所招致的律師費為高。

　　第三，如果第一時間認罪（即在首次有答辯的聆訊中），判刑上會有三分之一的量刑扣減。而在審訊開審前一刻認罪，大機會仍可享五分之一的量刑扣減。這有

時不至是「坐少幾個月或幾年」的分別，有些介乎坐監與不用坐監的罪行，例如順手牽羊的盜竊罪，量刑扣減的給予與否更關乎被告定罪後是否要坐監。因此，「我無做所以我不認罪」的決定不是那麼容易作出的。

## 盜竊案的真相與選擇

筆者曾參與一宗盜竊罪的審訊，筆者合理推測案中被告可能並沒真的進行盜竊，但礙於現實考量，他最終選擇認罪。

當時被告為一間小型麵粉公司的司機，被告的工作是按僱主指示駕駛貨車運送麵粉到不同的食肆，並根據公司給予被告的發票貨到即付，即場從食肆收取麵粉的貨款。日落收工之前，被告須把貨車駛回麵粉公司，並把已簽收麵粉的發票及所收貨款交回公司。案情指，在某一天的工作，被告從食肆收齊貨款後沒有把全部貨款交回公司並據為己有，因而被控盜竊罪。

翻看公司的發票，辯方發現文件不齊全並且公司賬

目混亂，甚至有些貨款是沒有發票支持的，只依賴公司會計的口頭陳述。雖然有可能是被告收漏了貨款，但亦有可能是公司的會計計算錯誤，冤枉了被告。然而，對被告明顯不利的，是他在事發後一星期與公司老闆的微信對話。對話中老闆追問缺少的貨款的去向，被告稱礙於不想得罪老闆，當時在微信上向老闆道歉並承諾會歸還貨款。但據被告事後所述，其實他當時並不記得所收貨款是多少或有沒有收漏。

筆者認為案情其實相當有爭議性。然而，被告最終選擇在審訊開審前認罪。一方面可能是因為微信證據對他不利，而另一方面是因為被告已有多次盜竊罪的案底。雖然在審訊期間，法官除特定的情況以外，例如辯方在抗辯時貶損控方證人的品格（香港法例第221章《刑事訴訟程序條例》第54(1)(f)條），法官是不會知道這些案底的，但被告並非無案底人士，在一定程度上還是會影響被告證供在法官面前的可信性。無論如何，到底是因為什麼原因認罪，永遠只有被告自己知道。他有做還是無做，也只有他自己清楚。律師的職責只是清清晰告

知被告他的權利，並在法律容許的程度下爭取被告最大的利益。認罪不認罪都會是一個艱難的決定，筆者衷心希望各位讀者不會需要面對這個殘酷的二選一。

# 一封律師信

　　「你等收律師信啦！」成為很多人吵架時其中一句口頭禪，但其實大家是否清楚律師信有什麼功用呢？是否只要律師信一出，就真的能像十二面金牌一樣叫岳飛班師回朝？

　　某次 Legal Lunch 的諮詢者收到一封律師信，內容大致是某學校一個教練辭職，還帶走了跟他上課的學生，而那位諮詢者就是其中一位懷疑被教練帶走了的學生。諮詢者表示，學校不分青紅皂白寄出了多封律師信給這位教練不同的學生，警告學生需繳清待付的學費，還要額外負擔上萬元的律師費。

　　姑勿論誰對誰錯，出封2頁紙的簡單律師信就要對方負擔額外一萬元的律師費，而這封信還可能是量產的？如真能收到那可真好賺！

首先我們要弄清楚一點：律師信並非法庭或政府機關發出的文件，而是指一封以律師事務所為抬頭，按客戶指示而向別人出具的信函，是屬私人性質的。所以律師信本身並沒有強制執行的效力，頂多就是一個警告甚至只是提醒。很多律師信最尾會寫上回覆期限，除了起警醒對方的作用，也是為了未來如果真的要上法庭解決，也可向法庭表示我們已經提供充足的時間及機會讓對方回覆了。

那如果錯過了這個回覆期限會怎樣？通常也只是一句 "initiate legal action without further notice"，亦即「你唔理我我就上法庭啦」！跟你老婆對你說「你再唔道歉我就返娘家！」差不多，分別只是前者你可以期待公平的裁決，後者你只能等待被單方面裁決。

## 溝通、警告與訴訟準備

律師信更大的作用應是釐清己方認知的事實。

筆者的經驗是大部分客戶到訪律師樓前案情也是

凌亂而鎖碎的，如果沒有以律師信的方式整理出完整案情，根本談不上將它放到法庭起訴。在律師信中寫清楚己方的想法、認知的事情經過和立場，是為訴訟做準備的第一步。當然說如果你自問邏輯清晰，很了解自己的立場和案情優勢，自行草擬一封書信通知被告也是可以的，但這無異於你生病時自己看著本草綱目走上山摘草藥。你知道李時珍死時最後一句話是什麼嗎？是「啊！這個有毒！」

那是否事無大小也應該以律師信作為第一步呢？這就真的很考經驗了，例如當追討金額過低時，與其出律師信還不如自己出封信去追討。

追討金額在港幣7萬5千元以下的話，追討方一般只能在小額錢債發起訴訟。要知道小額錢債有一個特點，就是不允許律師代表出庭也不鼓勵律師干涉，即使勝訴也不能追回律師費，包括草擬律師信的費用。這可能是想防止控告方濫報律師費用，也可能想防止其中一方因較有資本聘請律師而恃強凌弱。但無論理由如何，如果你未來是打算到小額錢債處理，出具律師信的費用就可

能要不回來。在此前提下，本文開頭的故事就會出現一個有點矛盾的情況：那間教室向學生出具的律師信除了追討一萬元待繳學費，還額外索要一萬元律師費，並表示學生如不繳清則會入稟小額錢債。

但如果該教室真的入稟小額錢債，就意味這一萬元的律師費將不能被追回；那你憑什麼要求對方繳付律師費給你呢？你用以「要脅」對方的方案，則「入稟小額錢債追討最多1萬元待繳學費」，甚至優於你信中已提出的方案「私下繳清1萬元待繳學費 ＋ 1萬元律師費」，對方答應你提出的要求的可能性可想而知。

這令人很難不去猜想：你的案情其實是否不那麼有力？是否有些東西你認為不能帶到庭上披露，所以只能出律師信要脅盡快解決？結果筆者和那名學生看透了出信者的動機，最後沒有回覆該信，事件也就不了了之。

## 法律行動的前奏

那麼再深入一點探討的，律師信中通常有什麼訴求？若是由「被侵害方」向「侵害方」出具的律師信，

通常的訴求為「停止及終止該侵權行為」(cease and desist)及「要求賠償」(damages)。

例如商標持有人向盜用商標、賣「老翻手袋」的店舖發律師信，要求限時內把侵權貨品下架及賠償指定金額。又或是一樓業主因二樓業主單位滲水而向二樓業主及佔用人發出律師信，要求限時內解決滲水問題並賠償因滲水造成的損失，包括被浸壞的傢俱等等。

也有一些內容比較特殊的律師信，筆者就曾替某名人女兒發律師信予連登(LIHKG)，要求連登把某些誹謗性的帖子下架，而其後該信也在論壇上被評頭品足。但現在想找到那封信大概也再找不到了，因為沒多久相關的帖子就被全部下架，算是完滿解決了事件。

筆者亦曾替一位女士發律師信予一個一腳踏幾船的渣男，要求渣男把一些客戶的裸照刪除。最後渣男是否有把裸照刪除我們也不得而知，但最少未來如果真的發現照片流出了，要提告起來也有根有據；但恐怕筆者將不會知道照片有否流出啦，那類型的網站筆者從來都不

看的，筆者就是如此的正直不阿！

## 律師信的權威與限制

另一種偶然會發的律師信是發予警方的，亦則所謂的報警信。什麼，原來報警也要找律師出信？

一般而言，你若作為一個刑事罪行的受害人去報警，警方都會恰當地處理並把犯罪者拘捕。然而大眾市民常常對警方的公權力範圍有所誤解；舉例來說，你借了二十萬元予某位朋友，最後你的朋友欠債不還，甚至人間蒸發，你因此報警指你朋友存心詐騙。

可惜的是，警方大機會會把此事定性為「糾紛」或「雜項」，要把借錢不還由「私人糾紛」推高至「詐騙罪」，在案情的舉證上是十分困難的。最後，報案編號你是會從警方拿到，但後續不要太期待警方會有進一步行動。簡言之，一些在警方眼中屬私人糾紛性質而不涉違反特定刑事罪行的行為，警方是不會干涉的。

然而，負責的警員或調查隊如何把報案的事宜定性，基本上是由他們決定的。

有些時候報案人沒有把案情說得清楚明白，或警方就事件的理解有誤的話，都有可能導致警方判斷錯誤。在這種情況下，報案人可以選擇捲土重來，把案情及文件疏理好再補充予警方，另一方法則是透過律師把案情及相關的法例引述予警方，好讓警方能進一步調查。

後文的「民事訴訟」中所提及的陳先生貨車被扣押一事便是例子。

而在另一宗筆者處理過的案件，客戶在一個以上市公司股票融資的項目上，被騙徒騙走了過億市值的股票。因案情複雜及箇中關係千絲萬縷，筆者最後決定替客戶直接出具律師信予警方的商業罪案調查科，當時信件十來頁紙，連同初步附上的文件更有數千頁紙。

可惜付出了如此多的努力，最終還是讓對方離開了

香港，從此消聲匿跡。

這種感覺，像極了愛情對吧！無論付出再多，還是可能得不到回報。付出很多～得到不多～ 連騙都不－－不對，就是要騙你。

很多時面對騙子，就算能成功起訴，最終要取回被騙款項也需冗長的法律程序，不是簡單一封律師信就能處理的。所以筆者最後也提醒一下各位，處理糾紛時先出一封律師信是個不錯的做法，但與其在糾紛發生時處理，不如小心一點，多看書充實自己，就不容易被騙或捲入糾紛了。

像本書就很好，多看幾遍精靈一點，再看幾遍趨吉避險，可多多推薦親友收藏。

# 解決糾紛：
# 訴訟還是調解？

筆者是一個不甚喜歡打官司的律師，總是覺得如果某件事要以訴訟解決，開始的時候雙方就都已經輸了：輸時間、輸律師費，還輸了控辯雙方的感情。

當然筆者也面對過不少情況是不採取訴訟就解決不了的，例如其中一方故意借錢不還或是不幸遇上騙子等等。

但更多的通常是，大家雙方立場不同而導致的不理解，或是一時意氣之下產生的糾紛。這些情況有個和事佬在中間周旋可能已能解決，或最少能有效減少分歧。所以筆者對調解情有獨鍾，念法學士時畢業論文寫的是調解，也有考取註冊調解員資格。

最常牽涉調解的糾紛一般是勞資及離婚相關的糾

紛，主要原因當然是因為法律程序上有規定相關方必須探討過調解的可能性。其次大概就是因為這方面的糾紛一般牽涉較長期的關係，有種「清官難審家庭事」的感覺。再者如果可以調解解決，也更能維持雙方良好關係。

## 雙輸局面

曾有一次Legal Lunch就是一位僱員跟僱主發生勞資糾紛，起因是雙方對合約的解讀有所不同。就筆者看來僱主的理據應該稍強，真的告上勞資審裁處僱員的勝算也不高。

但是否就意味僱主會決意以訴訟方式解決事件？這倒未必。如果在法庭處理問題，雙方也需要付出大量時間準備，更重要的是僱主是一間具一定知名度的公司，如果勞資糾紛問題鬧大了或會影響未來的招聘，得不償失。

所以筆者建議了他先嘗試經勞工處邀請僱主進行調解，如果第一次調解不能成功就再訴諸勞資審裁處。畢竟對企業而言名聲往往比一次性的利益重要，有時即使道理在自己這邊也可能會作出讓步。

　　在另一次事件中，一隻小貓在絕育手術後意外死亡，貓主人悲痛下向負責獸醫興師問罪。筆者看過當時已簽署的免責聲明書及做過一些簡單的資料搜集，告訴該獸醫如果他堅持以法律程序處理贏面不俗，但他也選擇了賠償貓主人以免影響日常運作及息事寧人。畢竟保密協議簽過了，賠償也合理支付了，事情就結了；但如果雙方各執一詞，加上網軍塵囂而上，可能就不是賠償那麼簡單了，要耗費的精神也很大。

## 純粹「為啖氣」

　　當然筆者也遇過一些完全無意調解的律師或對家，他們也就一副「欠打」的樣子，如果你退縮他就會「打蛇隨棍上」，令大家也下不了台。還有別忘了，即使法庭上贏的是你，你還要走「執行」的程序。

例如前文所說的官司那位獸醫如果贏了，他有權追討律師費、名譽損失等賠償，但若對方不支付的話他就要再走一堆法律程序，錢和時間還是要繼續花的。

　　反之如果處理方案可以大家「傾」出來，雙贏的機會會較大，大家願意執行的可能性也較高。

　　因此，如果是客戶自己要求往死裏打、法庭見也就算了，但若是你的律師不斷跟你說無論如何也要打到底、調解沒用的、跟對方打到尾才好，這時可能你就要多想想了：法庭之上是勝敗難料的，但誰的收益是早有保障的呢？

# 民事訴訟

訴訟大致分成兩類：刑事訴訟和民事訴訟。

刑事訴訟大部分情況都是由政府部門提出、帶有懲罰意味的法律行動，所以如果一般人說「我要告你！」說的基本上都是民事訴訟。民事訴訟泛指一個人通過法律途徑，向另一人索求賠償或其他法律濟助。

起訴的原因很多，包括合同上的糾紛、債務追討、財產損害、人身傷害等等。而有時一個事件可能同時帶來民事和刑事訴訟，最常見的例如車禍，車主間的追討是以民事訴訟解決的，但如果牽涉不小心甚至危險駕駛，就是由警察以刑事訴訟的方式起訴疑犯。

因為刑事訴訟是由政府部門處理的，大家可應用的地方不多，所以這裡重點分享的是民事訴訟的一些要

點，好讓大家開口說「我要告你！」時也能更有底氣。

## 你是否有足夠的訴因（cause of action）？

要開展一場民事訴訟，首先你需要有一個法律認可的提出訴訟的原因，我們稱之為「訴因」。訴因需要有法律上的依據，它必須是法律認可的利益受到侵害，而不僅僅是個人的不滿或情感的波動。例如你的朋友借了你錢逾期不還，就是一個典型的訴因。但如果你僅僅是不喜歡某人的髮型，或是某人用粗口罵你罵到你哭，那即使你有多劇烈的感情波動，這些都不足以構成訴因。

所以偶爾會有諮詢者說他被人辱罵了，氣在心頭可否告對方？筆者也只能建議他多鍛鍊一下EQ，或考慮參加筆者舉辦的「文雅地羞辱對方」訓練班：教你如何針對敵人的弱點重點出擊，以最毒辣的言辭用溫柔的語調攻擊對方，真正達致殺人不見血的境界。先教大家一個口訣：「外表家庭收入，身材打扮習慣」，從這六大要素出發，再加上一些誇張失實的描述，

具針對性的狠話就準備好了！再深入的，請大家在 Instagram 私訊報名。

話題扯遠了，讓我們回來關於訴因的討論。訴因十之八九不離「合約」（contract）或「侵權」（tort），這兩者下當然有很多分支，但以白話描述的話，合約即「你應承咗我㗎喎」。例如一些租約和僱傭合約都是由合約衍生的，而上面提到關於債務追討也算是一些合約。在香港，口頭協議也是有一定法律的效力，但一般也要證明雙方有就此口頭協議作出付出，才能構成合約的基礎。

而侵權即可以白話描述為「你做乜搞到我」，例如車禍中被撞的一方，就可以根據侵權法起訴犯錯方；或是因為樓上漏水浸壞家中的家俱，也是以侵權法控告樓上住戶。

## 「合約」或「侵權」起訴的區別

值得留意的是以「合約」還是「侵權」起訴，會直接影響獲判賠償或法律濟助的判斷基准。

以「合約」起訴的判決目標一般為「令到情況好似合約生效咗咁」，是未來式的，例如強制變賣借錢人的資產並根據借據還款給貸款方，或是按照僱傭合約出足工資。

而以「侵權」起訴的目標則為「令到件事好似冇發生過咁」，是過去式的，例如樓上漏水的話，樓上住戶應盡快完成維修並賠償樓下浸壞了的家具，令受影響戶回歸正常生活。如果我們以「侵權」的計算方式，判斷例如借錢不還的案件，就會變成只需要求借款方將錢還給貸款方，因而可能忽略了利息的計算。再深入的討論大家就應該用不上了，但了解到這裡最少可以幫你在吵架時，即使沒有律師意見也不落下風。

可想而知，訴因很多時是判斷能否開始一場官司的起點，但並不是唯一因素。其他因素比如這場官司是否值得打、你能否承擔相關的訴訟費用，以及最終的可能收益是否能夠彌補你的付出等等。這就好像你在買複式六合彩前，你不僅會考慮中獎的可能性，更會考慮到如

果沒有中獎，你是否能接受失去那筆錢。

　　所以，在你決定走上訴訟之路前，務必三思而後行；賭博有如倒錢落海，訴訟處理不當也是可以傾家蕩產的。而如果你認為你有足夠的訴因，那麼下一步就是考慮訴訟的其他方面了，比如時間、人物和地點。

# 時間（limitation）、人物（proper parties）、地點（jurisdiction）

　　「時間，和人物地點~」腦海中有哼起熟悉的旋律嗎？如果有的話，筆者跟你大概是同一個年代的。如果沒有，那你大概已經錯過了廣東歌最光輝的年代了，只能聽那些什麼矇著嘴唱的歌，真可惜。但這裡要說的不是那首歌，筆者想說的是即使一個訴因再好，如果展開訴訟前沒有處理好「時間、人物、地點」這三個議題，就可能令訴訟出師不利，甚至「輸返轉頭」。

## 時間（limitation）

　　根據香港法例第347章《時效條例》，向他人展開

民事訴訟是有期限的，亦即在訴因成立後的一定時間內不提出訴訟的話，原告便會喪失就該訴因提出訴訟的權利。概括而言，常見訴因的時效如下：

1. 基於合約的訴訟：6年
2. 基於侵權行為的訴訟：6年
3. 基於人身侵害的訴訟：3年
4. 就工傷的僱員補償訴訟：2年

當然，這時限由哪天開始起計也有它的法律原則，甚至有時會成為訴訟當中的爭議點。而《時效條例》也載述了一些可以延長時效的情況，例如就欠債而言，每次債務人書面承認債項或作出任何還款，皆會使時限由該天起重新計算。

因此，在開展訴訟前，請留意你的訴因有否過了時效。筆者也要切實叮嚀各位，切勿留到最後一刻、時限快屆滿前才考慮提出訴訟。

首先，你的計算方式不一定準確，尤其若起始日期

是由你自己推敲的話。其次，如在最後一刻才委託律師處理的話，律師也可能沒有充足的時間做好申索準備，臨急抱佛腳的話要麼沒有肯接急單的律師，要麼以天價承接你的案件。其三，假使你提出的訴因是基於「衡平法」的話，衡平法裏有基於原告「遲誤提告」的抗辯理由，會直接影響你案件的勝算。

這部分有點複雜就不多細說了，總之如果你不清楚你案件所適用的申索時限，就徵詢法律意見吧。就像女友發怒有時你也搞不清因由吧？ 到底是因為你忘記了拍拖一千天紀念，還是因為上星期沒有接他下班，還是因為昨天睡前忘了跟他說晚安？ 這些原因都很有可能，若非專業人士根本無從判斷。所以上至女朋友生氣的成因日期，下至訴因時效的起始日期，都歡迎向筆者作出專業的諮詢。

## 人物（proper parties）

開展訴訟前，你應該確認誰是適當的原告及被告。什麼？你覺得答案顯然而見？那麼請問在以下情境中，

誰人應該是原告及被告？

「陳先生」透過其全資擁有的香港有限公司「A公司」營運中港貨運的生意。陳先生自己擁有一輪中型貨車。於1月1日，A公司經陳先生與其客戶，廣州的有限公司「B公司」簽訂了協議，同意由A公司從廣州運送一批貨物來香港。其後，陳先生駕駛其中型貨車運送貨物到香港。在香港的目的地貨場，陳先生落貨後，貨場負責人「王先生」把價值五十萬元的中型貨車扣起，並指貨物來遲導致他損失了五萬元。

王先生要求陳先生賠償五萬元才會把中型貨車歸還。陳先生報警，但警方因事情屬私人糾紛，拒不受理。中型貨車現已被扣押90天，陳先生請求律師的協助。

提問！陳先生可提出什麼的訴因為何？原告及被告又是誰？

想好了嗎？馬上就要揭曉答案囉。首先，顯而易見的是陳先生的首要訴求是要取回貨車，而這訴求的訴因是侵權法中的「侵佔（conversion）」。在此訴因下，原告應為貨車車主則「陳先生」本人，被告應為實行侵佔行為的「王先生」。

因王先生的侵佔行為與B公司沒有已知的關係，所以不建議列B公司為第二被告，否則未來有可能要承擔額外的訟費。另外，我們可從事實假定，當時貨車是A公司得到陳先生的許可下使用的，陳先生是貨車的「擁有人」，而A公司是貨車的「使用人」。因此，因貨車被王先生扣押，A公司也會蒙受損失，損失額為每天使用貨車而應該賺取、不少於90天利潤。

雖然A公司亦由陳先生全資擁有，但A公司是有限公司，所以與陳先生應被視為分開的個體。因此，就利潤損失而言，恰當的原告為A公司，被告同為王先生。總括而言，第一原告：陳先生；第二原告：A公司；被告：王先生。

大家有答對了嗎？如果答對的話，就可以考慮修讀法律為自己未來的專業啊，已經可以拿個Ｂ或Ｂ+了。

　　但如果要拿Ａ-甚至Ａ，那就要考慮到底王先生的行為是否有刑事成分。

　　這件事件其實是筆者真實處理過的諮詢，案中貨車被扣押的陳先生曾就此事報警，但到場警員將事件定性為「不涉及刑事成份」，陳先生連以報案人身份到警局落口供的機會也沒有。及後，陳先生透過筆者向警方發了律師信，把事發經過清楚陳述，並引用香港法例第210章《盜竊罪條例》第23條，指出王先生以不當賠償要求，強行扣押陳先生貨車的行為有可能構成勒索罪。

　　警方收到律師信後就案件進一步調查及調停，最終陳先生在警方的見證下從貨場取回貨車。如果你能為陳先生達致這個結果，也就能成為一位Ａ級的律師了。

## 地點（jurisdiction）

　　簡言之，香港是否恰當的法律戰場？這點可以從兩方面來分析。首先是硬性上的規定，即香港就你的糾紛是否有司法管轄權。一般而言，如果糾紛在香港發生，又或原告或被告與香港有足夠聯繫的話，在香港提告一般不構成問題。

　　但要注意的是，如果糾紛涉及合同，你就要留意合同中有關司法管轄權的條款。如條款表明某地區就合同的糾紛有「排他性的司法管轄權（exclusive jurisdiction）」，那原告則難以在該地區以外提告了。這在跨國性的商貿合同中十分常見。

　　其次，即使香港具有司法管轄權，你也應該考慮在香港提告是否合乎你的實際利益。舉例來說，一間香港公司與內地公司就某產品的銷售合同產生糾紛：內地公司發了貨，但沒有收到香港公司應付的5成尾款，原因是香港公司表示收到的產品質量參差，所以拒絕支付尾款。

　　在此情況下，假使銷售合同沒有就司法管轄權作出

排他性的指示，內地公司原則上可在香港或內地提告，而在兩地提告則各有好處。在香港提告的好處是派送法庭文件較容易。另外，一旦勝訴，在香港作出判決執行也會相對容易及快捷。但相對地因為原告為非香港公司，在香港提告的話，被告可要求原告先支付「訟費保證金」才能繼續訴訟，而金額可達幾十萬或以上。

另一方面，假若在內地提告的話，原告所花的律師費有可能較少，也可能與內地律師事務所達成「不成功少收費」的協議。除了部分附合條件的仲裁案外，這種協議在香港是犯法的，所以在內地提告的話律師費壓力一般會較少。但相對的，在法院文件的派送及勝訴後執行判決的機制上，就會較花時間及繁複。

## 裁決後的執行之困難

官司勝訴，你作為原告拿到一個針對被告的賠償判決，被告也決定不上訴了，你是否認為一切塵埃落定，你將會拿到你應有的賠償？少年你太年輕了，是什麼讓你覺得被告一定會遵守判決，支付你的賠償？爸媽小時候也常常叫你好好讀書別顧著玩，你又有乖乖聽話嗎？

可能你會說，違反法庭判決或命令不是構成「藐視法庭」的嗎？針對此點，筆者要先解釋一下。首先，法庭命令也分了很多種，根據法院的不同，違反命令的後果也不同。舉例來說，不遵從家事法庭下達的贍養費命令，支付方的確有可能最終被裁定藐視法庭，因而要面臨牢獄之災。

但另一方面，不遵從區域法院或高等法院下達的金錢賠償命令，一般則不構成藐視法庭。除了作出判決的法庭外，也可以命令的性質來分類。例如違反「禁制性命令」是構成藐視法庭罪的，過去某明星曾禁制指定報社外洩其私密照片，違反此令則可構成藐視法庭罪。

但如前文所述，違反金錢賠償類的命令，大部份情況下均不構成藐視法庭。與中國內地或其他地區不同，香港是沒有「錢債監」的。因此一般而言，不遵從金錢賠償命令並不會直接導致違反者坐牢。

那麼，勝訴的原告有什麼辦法讓自己辛苦獲取的判決命令不會「得個吉」？這就關乎如何使用法庭程序了。總體而言，執行方法有以下各種：

| 方式 | 針對的目標 |
|------|-----------|
| 押記令<br>（charging order） | 債務人名下的物業，股份 |
| 第三債務人的命令<br>（garnishee order） | 第三債務人（常以此針對債務人於銀行的存款） |
| 財物扣押令<br>（writ of fi fa/warrant of distress） | 債務人處所內的財物及實產 |
| 盤問令<br>（examination of debtor） | 債務人所知的財產訊息 |
| 出境禁制令<br>（departure probibition） | 債務人的出境自由 |
| 破產／清盤<br>（bankruptcy/winding-up） | 債務人的所有資產 |

以上的執行方法各有利弊，而因應被告資產狀況的不同，應該採用的方式也不同。


## 「私了」非良策

至於一些法庭程序以外的方法如委託收數公司，筆者就不在此多談，但可以分享一個故事：過去曾有一位前輩開設一間裝修公司，他上面的判頭拖數拖了他好幾

個月，他在一個飯局中就跟其他朋友訴苦說了出來。飯局中的一位江湖人物馬上拍心口對他說：「簡單啦，我幫你搞掂佢！」

第二天這位前輩就收到判頭的電話，對方打來怒吼：「拖你數啫！使唔使綁走我個仔呀？」那位前輩嚇得呆立當場，數是馬上就收回來了，但跟判頭的關係恐怕就保不住了。而那位江湖朋友也著實不客氣，收了一筆可觀的服務費，總的來說也不知是解決了問題還是賠了夫人又折兵。這種做法還可能因為收數人的行為導致債權人負上刑事責任，總之，還望大家做一個奉公守法的好市民吧。

## 如何確保被告在敗訴後「有錢找數」？

以上討論均建基於原告手上已有判決命令的情況。那麼，在提告之前，原告有辦法凍結被告的資產，好讓勝訴後可以針對資產執行嗎？方法是有的，但實行上不容易，它就是資產凍結令（mareva injunction）。

資產凍結令的作用，就是限制被告在宣告判決前將他的資產脫手或耗散。如被告人違抗資產凍結令，就

可構成藐視法庭。而原告要證明的事項頗多，當中最重要的就是證明有「實際風險」被告會在法庭作出判決前將他的資產耗散或隱藏。所以它並不是隨便便能申請得到的。在中國內地也有相類似的程序，其稱之為資產保全，程序和要求也不一樣。筆者不是內地執業律師就不班門弄斧了，未來有機會再找內地律師跟大家分享。

## 「有限公司」的有限責任

最後你可能會問，如果債務人是一個沒有資產及銀行戶口存款的空殼公司，那我該怎麼辦？筆者只能說，你確實沒什麼辦法。

一般而言，原告是沒有辦法依賴針對有限責任公司的判決，去讓其股東或董事個人「上身」的。這也是私人有限公司作為法人營商以規避風險的好處，又稱「公司的面紗」。要篤破此公司面紗是相當不容易的，筆者在數年前就曾切身面對過這個問題。

當年我們跟一間嬰兒教育公司以「租上租」的形式，分時段跟它們租用一個單位。他們早上做幼兒教育，晚

上沒有幼教班時就讓我們以派對房間的形式出租，而我們也就此安排繳付了兩萬多元的租金按金。起初並沒什麼問題，但後來社會運動及疫情影響，大家都沒有生意。我們就打算收掉派對房間的業務並向他要求退回租按。但是公司負責人多次拖延，最後我們不得不入稟小額錢債要求公司還款。

但即使我們拿到了小額錢債的勝訴判決，並以此拿取資產凍結令凍結了該公司的銀行帳戶，但還是一分錢也拿不到，亦不能直接將債務轉介到公司的董事或股東。結果擾攘了一年，最後也只能不了了之。

所以各位讀者在處理重要的合約時務必小心，如果跟你簽署文件的主體是「有限公司」，請記得加上一份董事的擔保文件，確保這間公司履行的無論是還款責任還是租務責任也是有一位自然人承擔的，就不會重蹈筆者的覆轍了。

# 遇上租霸怎收樓？

　　某天遇上一個頗有趣的法律問題，主要是關於租客欠租的處理。眾所周知如果租約有效期間租客欠租，根據香港法例第7章《業主與租客(綜合)條例》，業主可以在欠租達15日後申請收樓令，但不能強行換鎖或截水截電，否則可能會負上刑事及民事責任。

　　所以如租客欠租，筆者一般也會建議業主盡快申請收樓令，因為由申請直至執達吏可以爆門收樓需時4、5個月，雖然理論上你可以再向租客作出民事索償追討欠交房租，但如果對方是會欠你多月租金的租霸，相信也不難想像追討機會凍過水，甚至只能Let it go。

　　但如果情況是租約已經完結，但租客賴死不走呢？這就有點爭議性了。因為《業主與租客(綜合)條例》在租約結束後理應不再適用，亦即租客沒有權利逗留在單位

內，甚至可被視為侵入者（Trespasser）。但警察是否就會替你趕走他呢？可惜因為之前曾有租約，所以警察一般會當成是租務糾紛而拒絕插手。

那如果業主偷偷把門鎖換掉呢？這樣租客在單位內的物品則會被扣留，而物品在單位內存在是有一定理據的，把它們扣留可能構成刑事或民事責任。

較保險的方法是向土地審裁處申請收樓令。

## 申請收樓令也不一定一帆風順

更甚的是，如果此時租客提出一份似是而非的租約，事情就更複雜了。在案件鍾漢權及華燕君（LDPD 1097/2021）中，租客在原租期完結時拿出一份「月租 $1，租期3年」的租約，堅持自己有權繼續租用市價月租 $16,000的單位並拒絕遷出。

雖然法庭最後參考了雙方的證據及證供，在相對可能性的原則下判定沒有簽訂過這份租約。但由2021年7

月發生爭議截至2022年1月法庭作出判決，租客已霸佔單位長達半年，而執達吏當然也還未開始收樓程序。雖然法庭判租客須補交每月$16,000，由2021年7月1日起至單位交吉為止的租金，但租客拖延不交的可能性可想而知。

無論如何，各位業主挑選租客時真的要慎之又慎，如果對方是非本地人，可考慮要求對方繳交租期內的所有期票，如果對方是公司即要準備董事個人擔保。

租客的背景可以拜託地產經紀多了解一下，簽署租約時也可找個熟悉法律的人幫一幫眼，不然未來出現糾紛時才呼天搶地，筆者可是一丁點也不會同情你的啊。

## 立場倒轉，租客又如何保障自己？

說完業主可以怎樣處理租霸，那麼租客又如何應付麻煩的業主呢？最常見應該是業主拒絕退還全部或部分租按了。一些業主在收樓後會多番挑剔，又說水喉塞了。或是牆身出現耗損，從而扣減租客的按金。遇到這

種情況，最正確的做法還是到小額錢債還是區域法院提告，雖然可能麻煩一點但亦無需就這樣把氣吞下肚。何況業主還有個物業在呢 ，只要花點心機時間控告他，業主沒有不還錢的道理。

而且有些業主是很懂耍手段的，之前有一個諮詢者問到，業主不願意將租按退給他，他應否到小額錢債追討。在筆者鼓勵下他入稟小額錢債，業主的態度一直強硬，直至臨上法庭雙方在庭外碰面，業主這才主動跟諮詢者洽談退租按事宜，並在上庭前達成共識。

由此可看出業主也只是想將租客的壓力推到極限，嘗試迫使租客讓步。但如果租客能證明自己也不是省油的燈，業主最後願意妥協的可能性其實也頗大。所以各位租客在退租時最好也圍繞整個單位多拍幾段影片，未來 如果業主真的不願意退還租按，也能在庭上據理力爭。

## 據理力爭 正義只會遲到不會缺席

　　說到物業訴訟的壓力，又想再分享一個比較常見的物業糾紛類別：滲水。之前大台曾報導一些單位飽受樓上漏水之苦，業主承受了很大困擾。

　　這類型的案件其實還挺常見的，如果是單位內的滲水要證明是樓上單位的責任一般不會太難，但筆者發現一個通病：就是受影響業主通常都不願意花錢，不花錢請律師也不花錢請公證行，結果只能等待政府部門慢慢跟進。這就像你排公立醫院對比排私家醫院，在付錢給私家醫院的前提下對方當然幫你快快手處理，但如果到公立醫院就可能要排上兩三個小時才能排到急症了。

　　受影響業主可能覺得自己是被害者已經損失慘重吧，所以就不願意再花錢去處理，連一封律師信也未有出具。在此前提下換個角度看，我作為樓上業主，不進行任何維修也不會影響我的生活。你又不是太積極跟進，我延遲回覆也沒有任何懲罰，那我又何必積極處理呢？

所以受影響業主第一件事要做的是記錄自己所受的影響，然後量化損失。例如筆者的樓上咖啡廳過往也曾受樓上漏水困擾，漏水持續了好幾天，對方也未有正面回覆我們的質詢。於是筆者以咖啡廳名義寫了一封信給樓上租客，詳細記錄過去一星期跟管理處及租客的溝通，並表示因漏水影響我們每天損失1,000元的生意，要求他們自某天計起每天賠償1,000元給我們，直至維修工程結束。對方看到延遲處理帶來的實際損失，自然會更積極跟進，不到一星期就維修完成了，至今未再有漏水情況。

　　如果是家居漏水的問題，就可以說自己因為漏水浸壞了家具，然後家裏某些地方不能用，所以被迫搬到酒店，每天累積了多少酒店費用等，藉此量化損失並施加壓力給樓上業主。如果對方真的不瞅不睬，就能到法庭提告。對方的物業明擺在那裡根本無從逃避，就是一隻待宰的肥羊。時間拖得越久你能追討的金額就越大，這樣就算拖久了損失的也不是你。

總之，只要道理是在你那邊，就應當積極爭取，多用書信記錄細節，以求在真的要上法庭時也有充足的理據爭取賠償。可能是需要花些時間和金錢，但請相信最後是能贏回來的，畢竟正義只會遲到，卻從不缺席。

# 毒品相關的罪行

　　某次 Board Game 聚會中遇到一位社工朋友，他的服務對象為染上毒癮或藏毒的年輕人。這令筆者不期然想起還是見習律師時的某位客戶A君，他在車上被捕後於助手位被搜出毒品。

　　A君向我們解釋：當天是在朋友介紹下接了一份開車接送的工作，坐上朋友指定的車的駕駛座後，沒多久就有警察衝過來。警察打開助手位的車門並拉開助手位的儲物格，一下子就搜出毒品。而對於該車的來歷和毒品的存在，A君均表示不知情。

## 假無辜？真知情？

　　這個解釋你們相信嗎？老實說我們也無從得知。他有可能是慣犯，但被「公司」推出來，所以警察才會這麼清楚毒品藏匿的位置；他亦可能是無辜的，只是被損友利用成為運毒的棋子，失敗後便被棄之不顧；也可能他是知道這輛車有些問題，但他不肯定有什麼問題，直至人贓並獲的那刻。上述情況都是可能實際發生的，但恐怕除了A君外世上沒有另一人會知道真相。

　　過去亦有不少毒品相關罪行中，被告都辯稱自己只是在無意中協助了販運毒品。例如在香港特別行政區 對 潘喬裕 [2010] 2 HKLRD 791)] 一案中，被告潘受人所託，接收一

個包裹並收取港幣一千元的報酬。被告於是轉託朋友林凱風代收，並表示會支付港幣五百元酬勞。結果包裹被發現藏有22.69克可卡因，兩人雙雙被捕。

二人均否認知道包裹內藏有毒品，潘表示以為包裹內藏有的是遊戲機帶，但原審法官認定，雖然沒有直接證據證明申請人知悉郵包內藏毒，但正常的情況，給予重酬去收取郵包的狀況根本不會發生。最後，潘林二人均被控販運危險藥物罪成。他們是否真的不知情？相信也是只有他們知道了。

## 毒品搜查誤解與風險

另外在與毒品相關的罪行中有一個常見誤解：藏毒販毒犯法而吸食毒品不犯法。

其實根據香港法例第134章《危險藥物條例》第8條，任何人管有、吸食、吸服、服食或注射危險藥物即屬犯罪，而且都會留有案底。只是要證明一個人曾經「服用」相對比較困難，因為根據同一條例第54AA條，警務人員必須得到當事人書面同意才能收取尿液樣本。而「非體內樣本」如頭髮、指甲等，作為證明曾吸毒的證據價值相對較低，即使能根據香港法例第232章《警隊條例》第59C條強制收集也未必足以提告。

因此警務人員多以管有危險藥物為由提告，而判刑的嚴重

性則以管有的量來釐定，如果量少的話律政司會傾向以藏毒罪名提告。之前一些藏有大麻自用的判刑可能是罰款或守行為，如果是成癮性較重的毒品或被告是慣犯即較有機會被判入戒毒所好幾個月。份量較多或同時管有多種危險藥物的話則可能會被告販毒，而販毒基本上都會判監，刑期則參考高等法院發出的量刑指引。「港大法律及科研中心」就相關指引結合各種求情原因，開發了販毒量刑計算程式，大家亦可用作參考。

就毒品的份量方面，還要注意的是即使你身上藏有的毒品量很少，一但被搜出來警方就可能申請搜查令，到你的住所或管理的地方搜查「屆時如被搜出更多毒品，那被控販毒的機會就更高了。

現在不少西方國家都將部分常見毒品合法化，以致愈來愈多年輕人都以為吸個卓之類的沒什麼大不了；對身體的影響不是我的專項所以不能評論，但由法律角度看風險真的很高，大家還是迴避這些東西吧。

如果想開心還是有很多方法的，例如多看一些有教育意義、有趣、在日常生活有應用性、由帥哥作者撰寫的書，增長知識之餘又能和朋友分享，讓身邊的朋友都讚嘆你是一個學識淵博又聰明的人才，這樣不是更好嗎？

# File 04

## 十個人都有九個帶住後悔入棺材，我唔想係其中一個

# 成為律師之路

不知道大家是怎樣選擇自己的職業呢？

回想筆者中七時——給95後的讀者科普一下，以前是有中七的啊，公開試是要考兩次的啊，你們現在只需要考一次是挺幸福的——念的是理科班，目標是醫科。

是的，當時沒有想過要做律師。

進入法學院後，發現像筆者這樣高考前都沒想過做律師的人是挺多的，小時候已經夢想做律師的相信是少數。不少法學生高中時都讀文科或商科，然後高考時考到一兩個A就開始考慮所謂的神科；當時不外乎是Global Business或是不同法律組合，Government Law、BBQ Law、BBA JD等（好像有奇怪的科目混入了？算了不管），或是會計、精算等愛數學的人才會選的

科。但文科材料的基本上不會選這種數字多的，所以文科精英大多湧到法學院了。

有些人認為法律是文科的學科，但有趣的是不少讀理科的朋友進入法學院後成績也很好，大概是因為法律是談邏輯的，而邏輯這種東西理科人可能比較擅長吧。正如前面所說筆者是理科的，而坦白說筆者當時的高考成績距離醫學院尚有一步之遙，所以唯有重新考慮自己的方向。

以當時的成績除了 Global Business 和醫科外基本上其他學科也能進，所以高考成績發布後的一個月筆者就開始發掘各種可能性，而最後的選擇就是法學院。

老實說現在回想還是覺得有點草率的，當時選法學院的原因竟然是：

1. 當年某黑人美國總統很帥很有吸引力，而他念的就是法學院；

2. 當年某部手提遊戲機推出的關於律師的遊戲「逆

X 裁 X」很好玩，筆者也通關了所有篇章；

3. 念法律的人同時也是「制定規則的人」，而要成為管理層的人都要懂得「制定規則」，學懂後相信無論從商或從政也有幫助，未來出路很多.

4. 最老土的原因，專科比較賺錢

是否有點兒戲的理由？老實說如果不當大家是朋友是不會寫理由1及2的，請大家不要說出去，否則未來可能就沒人聘用筆者了。

## PCLL 與同學間的殘酷試煉

那麼，進入法學院後是否就一帆風順呢？想也知道不是了，當大部分人在大學歌頌青春的時候，筆者和法學院的小夥伴就在瘋狂溫書。要這麼拼的原因主要就一個：PCLL（Postgraduate Certificate in Law）。

要成為香港律師基本上不需要考統一的專業試，只要能入讀PCLL，畢業並完成實習就是執業律師了。當年大約六成中大法學院學生可以原校升讀PCLL。城大

的話大約七成，港大因為除了全職的PCLL還有開設兼職的PCLL，所以港大法學生應該有八成以上入學率。乍聽之下好像很多，但別忘記能進法學院的是精英（不經意地稱讚一下自己），級數跟中學時代是完全不同的。再加上大家要拼命入PCLL的制度，令法學院的生活相當大壓力。

PCLL收生的最主要考慮因素是你第一個法學學位的GPA，所以當年在法學院多少有一種「唔係你死就係我亡！」的感覺。

這真的是一點都沒有誇張啊！大家能理解那種同學間暗地較勁的感覺會有多強烈嗎？公開試時同校的學生還會有「敵人是其他學校的學生」這種感覺，其他專業也大多只要「一起努力通過專業試」，守望相助的感覺挺強的。但在法學院啊... 你入了PCLL，就代表踢走了一位你朝夕相對的同學，而且被踢走與否的差別，還不是考個一級榮譽或二級榮譽畢業那種不上不下的差別，而是「律師與其他人」的差別。

這種感覺大概就像那些老套的忍者或殺手電影情節，主角的成長回憶中總有他的師傅對他說：「你們最後的試煉… 就是要把和你一起成長的朋友全部殺光！」然後經過這殘酷的最終試煉，主角成為一個優秀無情的殺人兵器⋯⋯ 是沒這麼誇張啦，但大概就是這種感覺。

不過一些天資優厚的同學還是有餘力邊歌頌青春邊學習的。這可說是筆者第一次切身體會到人與人的差距原來真的會這麼大；當兩個學會的理事，還能考到GPA 3.5，而且是一個美女？筆者拼了老命也只是勉強考進了PCLL，而且還一點都不帥。還好筆者應該是同期裡第一個出書的，總算是吐了一口烏氣。哈！爽。

## 條條大路通羅馬

筆者入學頭一年多都不太適應法律的學習，加上參加了不少課外活動，成績可是不堪到讓筆者幾乎放棄PCLL。但就在第二學年的下學期開始筆者一路狂追，當時可是每逢考試的月份都不會離開宿舍的電腦室的，除了上廁所和拿外賣以外都是對著電腦和筆記溫習，連

睡覺也是坐著睡。

　　現在回想起來也太不顧一切了吧；萬一真的考不上呢？那不就既放棄了其他發展可能，又失去了歌頌青春的機會，還沒有成功成為律師？但努力總算是有回報的，當年中大法律系共有約38人能進PCLL，筆者以排第37名的成績進入PCLL，算得很準吧？後來看到一些未能成為律師的同學，除了對他們感到有點抱歉外，也慶幸自己那時真的「搏盡無悔」。

　　不過就算不能靠LLB成績考入PCLL也不等於絕望了，考不上的有些會再讀例如CPE或GDL「洗底」，讀完成績如果夠好就能給你一次機會再報PCLL，當年有兩位同學就是讀CPE後重新考入的。

　　也有同學去了讀法學碩士LLM，但是聽說讀LLM不太有洗底作用，基本上PCLL的入學只會參考學士學位的成績。有另一位GPA只低筆者一點點的同學，當年再去讀LLM結果也未能考入PCLL。如果第二次亦未能

考入，因為「GPA膨脹」的原因未來能進的機會也只會愈來愈低，那邊你剩下的選擇可能就是繞個遠路，考國外律師資格再回港執業了。

## 律師執業路徑和選擇

香港很小，而律師資格又只能在香港應用，所以有些人在比較早期就決定考取其他國家的律師執照，尋求其大的市場。例如某位港姐就直接考紐約律師，筆者當年也有一位學長入不到PCLL然後去考紐約律師，得到紐約律師資格後再執業一段時間，最後考Overseas Lawyers Qualification Examination登記為香港執業律師。

這種迂迴曲折的道路就要家底很厚才能支持了。而且不確定因素也多，但有錢人嘛，比普通人任性也很正常吧？

終於捱過了四年的寒窗生活，又從殘酷的PCLL中

畢業，開始踏入社會收取第一份工資了！興奮嗎？雀躍嗎？一點也不。

除非你能直接加入國際級大行（I Firm），否則頭兩年作為見習律師，薪水跟其他大學畢業生沒兩樣，甚至更低。筆者這種考尾二的又怎能跑到 I Firm 呢？所幸最後加入的在本地也算是不錯的律師行，而之後也有些機會投身 I Firm，但最終沒選這條路就是後話了。

回想當年在學時，大家真的非常憧憬加入 I Firm，畢竟見習律師的起薪點比本地行高出一倍，假期多福利也好。所以那時大家都很拼，每到長假就會找不同的實習，但現在回想起來其實還真是有點多餘。

老實說大部分的實習也不算學到很多東西，如果不是 I Firm 直接給的實習機會基本上對入 I Firm 也沒什麼用，那還不如在暑假多參加海外交流呢，最少也能有個美好的回憶。以筆者為例當年去過實習的地方應該不下十處，都沒什麼像樣的回憶，但那次海外交流跟那位女

生的那段回憶就刻骨銘心多 ... 別問，筆者是不會說的。

　　直到現在，同屆的同學都已經執業不下7年了，才逐漸覺得 I Firm 也沒什麼好憧憬的。當年曾加入 I Firm 的不少已離開，有轉去私人公司做顧問律師的，甚至也有移民的。而決心要轉去 I Firm 的也大多如願，筆者這種考尾二的也曾在某間有 I Firm 背景的中小型律師行待過一陣子，結果還是決定順從自己的想法，離職開始創業。那時的房間可比現在的大上一倍了... 但自主執業跟 I Firm 的自由度就是不同，可以有一定的自由度接待想接待的客人、可以自由決定上下班或出外應酬的時間，還能抽時間搞搞IG專頁寫寫書呢。

　　雖然現在收入還比不上同資歷的 I Firm 同學，但筆者能看到繼續發展下去的潛力和可能性，對此十分興奮！如果有很想入 I Firm 而暫時未能如願的讀者讀到這裡，筆者的意見是真的不用心急，選一個自己喜歡的專項，積極轉工，執業後五年內能轉到 I Firm 的機會還是挺高的。畢竟4、5年資歷左右的 I Firm律師不少都會考

慮轉做壓力較少的公司顧問律師，只要你有積極裝備自己機會總會到來的。但如果你跟筆者一樣更嚮往自由度和寬廣的發展空間的話，歡迎一起加入這個朝不保夕、阿諛奉承、危機處處但又興奮刺激的自主執業行列！

# 關於我選擇
# 成為事務律師

　　古今中外也有不少有關法律的電影和電視劇，中國風的有狀王宋世傑、西方的有Suits、香港的有一號皇庭、律政強人以及近年的毒舌大狀等等，可算是編劇熱愛的一大主題。這些戲劇中的律師一般也是俗稱「大狀」的大律師，他們在法庭上雄辯滔滔咄咄逼人，多少令人有一番憧憬。甚至連筆者爸爸曾也問筆者：「呀仔既然你鍾意睇呢啲劇，點解唔做大狀呢？」令筆者禁不住想說一句：電影和現實是真的不一樣的！

　　首先是一個老生常談：事務律師跟所謂大律師，又稱訴訟律師是沒有高低之分的，更沒有「由律師升做大律師」這種說法。

　　訴訟律師基本上專精法庭訴訟，只有在雙方的關係已經決裂到必須上庭見，或是面對刑事案件時才會用得

上。

而事務律師的工作則廣闊很多，商業上的公司合併重組以至上市，或是個人的樓宇買賣、結婚證婚、遺產繼承辦理等等，都是由事務律師處理的。部分喜歡訴訟的事務律師更會親身上庭處理客人的案件。因為工作內容更闊，案量更多，所以事務律師團隊工作的機會亦較多，一般也只有事務律師才會僱用另一位事務律師共同處理案件。

而大律師則通常由始至終都是由自己處理整個案子。就像藝術家不會想其他人染指自己的作品，決定了訴訟方向和理據後，大律師就會想用自己的文筆和格調完成整個訴訟，除非是特別大的案子否則都不會有其他大律師幫忙。當然客人的預算也是一個考慮，聘請大律師時必須有一間事務律師行作為中間人委託。所以聘請大律師時，客人已經付出了兩個律師的費用，如果還要再付第三個律師的律師費，恐怕只有面對頂級的大案件才能這樣了。

那麼這種工作性質上的差異會帶來什麼影響呢？首先最主要的就是收入上，特別是短期收入上的分別。畢業做大律師學徒的最低工資僅僅HK$6,000，持牌後更是馬上要自負盈虧，首幾年也別期望有可觀的收入。作為新人的你很難有大客關照，跟你同期的同學也只是初級律師未能轉介大案件給你，除非你爸是李剛或者真的是出類拔萃一級榮譽畢業，否則沒履歷沒人脈的你只能接一接法援或師傅手指罅漏給你的案件勉強糊口。

就算你爸真的是李剛，沒有真才實學的話也是白搭，畢竟僱用大律師的都是遇事的有錢人，他們真的面對重要問題時也顧不得巴結你這個李剛的兒子了。所以持執業證書的事務律師有11,000多人，但大律師只有1,600人，差不多10個律師才有1個選擇做大律師。

相反，事務律師就是高級打工仔，只要你勤勤勉勉不犯大錯，定時定候跟老闆扭計加人工再找獵頭公司為你跳槽，你就能扶搖直上坐擁百萬年薪。當達至一定年資後，想創業開設自己的律師行也是可以。

對比之下大律師之路根本就是修羅場吧！首兩三年看著身邊同學吃好喝好，自己在擔心沒案源時還要負擔事務所的租金－沒錯，因為你不是受僱的，如果你需要一個房間放置你的文件或最少要張辦公桌坐下來工作，你需要自己租個辦公室或是跟其他大律師夾租。這就像畢業後馬上開展初創企業，自負盈虧之餘更不保證成功。當然成功的話就可以如明星般風光，但筆者也認識好幾位毅然跳入這個修羅場而最後黯然退場的大律師，壓力真不是一般的大，筆者自問就頂不住了。

　　再者如果真的要像電影電視劇般「為民請命」，筆者覺得也比較像是事務律師的工作。最直接的原因就是大律師是不能直接接客的，在沒有事務律師樓代表的情況下，大狀甚至連單獨見客也不可以。所以即使在「毒舌大狀」中，黃子華也必須有師爺太子的陪同才能見客。不能直接見客，也就意味一些日常小問題或窮人很難見到你，不能像筆者現在這樣成為各位的 friendly neighborhood。

而且大律師的規條比事務律師嚴格，經營副業要向大律師公會申請批准，大律師能否像筆者這樣開設一個專頁提供免費法律意見也是未知之數。最後，大律師的目的可以說是「在衝突中取勝」，跟筆者「解決／避免衝突」的中心思想稍微不同，所以筆者這輩子大概是不可能選大律師這條路了。選擇大律師之路的人在筆者眼中都是志向遠大的勇者，筆者衷心祝願所有步上大律師之路的同行也能堅守信念，成就自己的夢想！

# 「師爺」——
# 律師不敢得罪的人物

　　某天我行來了一個很顯眼的男人：黑色皮褸背心、金色highlight短髮、「爽朗」的笑聲再配搭金色粗頸鏈，一不留神筆者還以為自己走錯了古惑仔的片場。

　　當筆者好奇一問門前接待他是誰，接待遞出了一張卡片：X，法務助理？浩南哥幾時轉咗行？仔細一看原來他是某旺角行的法務助理，也就是毒舌大狀中類似太子的「師爺」角色。話說大家有看「毒舌大狀」嗎？聽說是香港影史上第一部破億票房的港產片呢，主題竟然是律師，這不就是說律師是票房保證嗎？各位導演監製，如果你需要一位有喜感又上鏡的律師，這裡就有一個啊。

　　大家對法務助理，亦即「師爺」的印象可能就如對毒舌大狀中的角色「太子」一樣：眉精眼企識走位，觀察力強張櫈又轉得快。但現實當然就與電影不一樣了，的確

有些師爺轉數甚至比律師快，或是人脈很廣接客接到手軟，但更多的是勤勤勉勉坐在辦公桌前，朝九晚六又一天的普通文員。畢竟法律牽涉很多層面，樓宇買賣、公司上市、遺產繼承等等都涉及大量文書處理，主流的法務助理做的都是這些。

話又說回浩南哥，如果大家走一轉旺角就會發現很多不同的律師行，浩南哥就是受僱於其中一間的。當然能稱為律師行裡面最少要有一位律師，但不少是我們稱為「師爺Firm」，就是「妹仔大過主人婆」的律師行。

## 律師行中的隱形力量

在這些律師行裡師爺才是主要角色，他們可能因為不同的背景原因而沒有做或做不成律師，但掌握著大量客源，哪位律師如果為難他他大可揮一揮衣袖，不帶走一片雲彩，只帶走客戶清單。

又拿毒舌大狀中的太子做例子，身為幫會的太子爺難道需要應酬我們這些讀死書的小律師嗎？但尊貴的律

師們又願意跑夜場跟幫會中人通宵劈酒打交道嗎？這時候師爺這種駁腳的角色就十分重要。

但樹大有枯枝，特別是師爺的入場門檻不高，不像律師般又要考PCLL又要做2年實習，所以「手腳唔乾淨」的情況時有聽聞。

近年比較轟動的黃馮律師行事件，背景大致是因為疑有律師行文員虧空公款，連累幾億的資金被律師會凍結，結果大量樓宇買賣未能成交，小業主的上車美夢頓變噩夢。當時有報導說因為成交用的幾百萬資金被鎖死，所以快將成交的小業主要去私人公司借高息貸款，本來一兩萬元的月供一眨眼變成接近十萬元一個月，令小業主欲哭無淚。

筆者認識當年上門協助「執手尾」的其中一位律師，他形容當時該行內遍地都是堆成人那麼高的文件，一個師爺的工作量可能是其他律師行的兩倍，嚇得他執了兩星期就投降退出。

## 廿蚊四粒燒賣 可貴可平

當然也有很多師爺是十分優秀的，我行的樓宇買賣助理就做了很多年，處事仔細也很盡責。筆者也認識不少法務助理是真的盡心盡力處理案件，累積得來的經驗也不比律師遜色。而這些優秀的師爺自然也值得優秀的工資，律師亦然。

所以如果你碰上了特別便宜的法律服務，就真要了解一下他便宜的原因了：是成功將流程嚴格系統化，節省了成本？是因為跟你熟悉所以給予特別折扣？還是只是單純砍掉成本後將風險轉介給客戶？

但反過來說，筆者的意思也不是律師行就一定要找最貴的，畢竟有些案子就是不一定要用最優秀的名牌律師。例如某次諮詢中一位事主涉及一宗相對簡單的刑事訴訟，他說現正委聘某位朋友轉介的律師行，前期工作開價好幾萬元；如果對比一般的報價它可能高出了1、2倍！

一開始筆者還以為他是被當水魚劏了，但問清楚他的代表律師行原來是香港50大行之一的英國律師行，那就沒什麼好奇怪的了。那位事主大概也不是什麼富貴人家，他的朋友應該不是故意轉介這麼「優秀」的律師行給他的，但身邊若只認識這麼優秀的律師，也就只能轉介他了。這就像你只是想吃份魚蛋，不到旺角街頭卻硬要到米芝蓮3星餐廳去吃，對方當然要收你一個符合他們身價的價錢。

　　一個行業裡，同類服務開出不同價錢也不是什麼罕見的事，就算米芝蓮星級餐廳也有分米芝蓮小食級和米芝蓮3星級吧？遞給你的也是一碗碳水化合物、一碟蛋白質加纖維，頂多是處理過程多了幾個工序，你吃的時候坐在400公尺的高空，望著270度的環迴景色。不說食物，手袋名車等奢侈品也是同一個道理吧？幾乎一樣的質材，就因為標誌略有不同而出現10倍的價差，是否物超所值就看你的心態了。

所以總的而言，當有人叫筆者轉介律師時，筆者都會一再提醒他多對比幾個律師的報價和說法，不必只聽筆者說的。一些簡單的訴訟選擇收費較相宜的律師行並無不妥，當然有些人還是會選擇頂尖的律師行，就如指甲鉗你要用Hermès也是可以的，你喜歡就好。

但同時也要奉勸一下各位：除非你真的如浩南哥般行走江湖、左與右都滿是你相識，否則真的不要以「價錢」作為你選律師行的唯一原因。買賣物業、處理遺產、離婚訴訟等等動輒幾百萬上落，你為了便宜一兩千元就將自己置身於前述那些可怕的風險中，值得嗎？

# 律師收費斷秒計？

一天上午，筆者聽到門外另一條 team 的法律助理收到一個電話。筆者本來不太在意的，但是他跟電話中人對話的聲量越來越大，只好被逼收聽他在說什麼。

聽上去電話中人好像在諮詢提告的可能性，而提告的對象一直沒有說清楚內容，好像只是說和一宗交通意外有關；那應該是控訴交通意外的另一方吧？但聽上去又好像不是，聽著聽著差不多十分鐘，筆者才明白那個人好像是嫌警察沒有幫到他，將他的案子拖了很久，因此在不斷抱怨。

法律助理漸漸不耐煩起來，重覆要他確認訴訟對象，對方回答後助理被嚇了一跳：「什麼？你要告警務處長，還要求一千萬賠償？」

筆者頓時把喝了一半的咖啡也噴了出來，就像你看「笑了你就輸了」那些短影片的挑戰者一樣。當然不是說警務處長就不能告，但一千萬賠償⋯⋯ 可能大哥你是「月球人」月賺一球，所以覺得一千萬賠償濕濕碎，但對不少人而言這可是工作大半輩子才賺到的錢啊，大哥你打算如何合理化這鉅款？

我們助理也不是省油的燈，客氣的回應了兩句：「那看來很有必要跟律師會面談一談了，律師收費每小時S3,000，應該沒問題吧？」

果不其然，對方再說沒兩句就掛了，我行再次風度而不失霸氣地送走運桔的。筆者默默地抹掉鍵盤上噴出來的咖啡，再跟助理交換一個鼓勵的眼神，又開始繼續當天的工作。

## 防止有人「搞搞震，冇幫襯」

這類型的例子絕非偶一為之，時不時就有一些Walk-in好像去商場逛街一般走訪好幾間律所Window

Shopping，或是不知從何處找到我們電話就打過來，問一些沒頭沒尾的問題。

例如又有一次，一個瘦瘦的老男人走進來找律師。因為他看上去有點呆呆滯滯，所以沒人敢招呼他，筆者只好主動走去跟他見面了解他的查詢。他拿出好幾份文件出來就說他是某某富豪的兒子，說什麼遺產應該由他繼承。

筆者看過那幾張梅菜般的紙，又看了看他尋找政府部門協助後收到的回覆，不期然就想起Joker誤認Thomas Wayne是他父親的橋段，心想他是不是離開後就會走到廁所對著鏡子開始跳舞。筆者再次風度而不失霸氣地送走這個運桔的，順便不忘告訴他廁所在哪裡。

聽過這些故事相信各位也不難理解為什麼我們律師總是要按時收費吧？有些人總是認為只是問一下問題不用收費吧，當然對你來說可能只是問一下問題，但對我們來說當每一個人也這樣問，我們就是要面對100個問題。

香港律師只有一萬多人，但香港居民有七百萬，每個人這樣問一問，筆者就算不工作也不用下班了。而且不少人還真的不只「問一問」，有一次在筆者下單叫拉麵時他已開始不斷說，說到拉麵都吃完了還在說，筆者差點就想將拉麵店的 payme code 發給他叫他付款。

　　所以如果真的要問，一句起兩句止還好，但如果要問到第三句，就請飯枱見吧，另外記得請客啊，先謝謝了。

# 提供「法律服務」
# 事務所

近日看到消委會的一份報告很有趣，是關於香港有很多代辦破產或離婚的「事務所」，這些事務所有些開宗明義表示自己沒有律師駐場，有些則顧左右而言他，不明確表示自己不是律師行。

因為法律服務收費的資訊不怎麼透明，所以跟大家分享一下筆者的看法。以下全屬主觀意見及個人偏見，如果你不同意的話：你對，你全都對，微臣口多嘴賤罪該萬死，先行告退。

## 「自助箍牙全包宴」VS 傳統牙醫診所

首先那些「事務所」的服務質素如何呢？只能說：如果他的服務不至於讓你有賓至如歸的感受，就不怎麼值得用了。畢竟沒有律師的話部分程序它們是走不下去的，例如離婚或破產如果進展到要上法庭，他們不是律

師都不能代表你出庭。如果他們這時轉介你給律師樓，幾乎代表之前付的服務費都浪費了。

加上某些事務所的描述筆者真的不敢恭維；什麼「破產是人生的小休」，「提供律師不告訴你的破產小秘訣」，怎麼說得破產好像打個手遊般輕鬆平常？是否只要輸入個優惠碼，就可以獲得破產後乘10次的士的機會？

但筆者也不全然否定他們的存在價值，畢竟只收個3,000元就替破產者填表，還要提供諮詢服務，真的很難有律師肯做；留意不是不會有「律師樓」肯做，只是不會有「律師」肯親自做。

部分基礎程序可能有些法律助理也相當熟悉，但筆者認為有沒有「親身見到律師」是有標桿性分別的；始終律師有香港律師會直接監管，故勿論被投訴後的處分重不重，光是回應投訴就很花時間精神了，還要一分錢也賺不了。所以只要你有親身見到律師，他們普遍會相對謹慎地處理你的案件。

將話題又拉遠一點，既然見律師這麼難，為什麼有些律師行還真的會提供所謂「$888全包」的服務？就筆者理解那些「$888全包」的一般要你的案件或申請十分簡單，或是幫你申請法援，如果法援獲批自然就能跟法援署收錢，如果不批的話就會開始問你徵收額外文件處理費。而除非法援獲批，否則也不太會見到律師。

這種運作方式也算對客戶提供了最低限度的保障，亦不失為一個好方案，畢竟就算失敗客戶最多也就是損失了$888。但要留意的是，適用於這種套餐的法律服務真的不多，而且很取決於是否足夠簡單。例如一些遺囑草擬、物業轉讓是可以很簡單的，部份在不牽涉律師的情況下也能以較低成本處理，但當情況變得稍為複雜，客人就可能會被當成皮球踢來踢去。

## 背後的額外附加貴

我行之前曾接手過一個客戶就是被這種全包宴吸引，但該客戶表示那間律師行之後就推說有不少「額外的文件」要處理並要他補交費用，如果不交就會撒手不

管。近來筆者亦接手過另一單遺產承辦申請，死者遺囑上的遺囑執行人在申請遺產承辦前已經逝世，結果遺囑執行人的子女走訪了兩三間律師行，得到的回覆竟然都是「這種申請做不了。」

這也不是什麼不合常理的案子，不可能會「做不了」吧？只能判斷他們是不懂做，甚至只是不想做。結果來到筆者這裡，我們先做 Legal Lunch，在筆者判斷是「有得做」後就由筆者接手處理，三個半月就完成申請了。

那些特別便宜的法律事務所或「全包宴式」的法律套餐不是不好，但大都只具備特定功能，就跟去藥房買藥差不多：治好你當然最好，但治不好也不奇怪，畢竟一分錢一分貨。有些優秀的醫生也會放膽推薦你去某些藥房買特定的藥替你節省開支，在法律界也不是沒有這種良心專家啦，但要在哪裡找…你還用問嗎？

# 大家對律師的印象 FAQ

　　過去在IG專頁收集了一些大家對律師的問題，趁著這個機會來個FAQ解答一下吧！

　　1. 做律師需要有家底？要識人拜師先做到律師？

　　應該不只是做律師要有家底啦，大部分行業如果想抄捷徑的話，有家底也是有加乘的。

　　但說到家底，筆者就想起在大學曾到某國際律師行做實習，律師的行規是實習時如果表現出色，就有機會直接得到見習律師的資格。在該批次中共13人會選上4人左右，而最後被選上的4人，有2人都是父母親戚在該行工作的。如果你選擇的路向是大律師，家底的加乘就更明顯了，畢竟剛剛畢業時真的很難有大客戶信任你，但如果你有對律師父母那最少也會有他們的案子轉介給你。

　　但家底也不是萬能的，如果成績太差的話還是幫不到太多。在筆者讀書時就曾有一位外國回流的同學，成績一直墊底，最後成績不夠入PCLL，自然也就不能成為律師。問到他之後的打算時，他跟我們說他本來就不打算成為律師的，將會回到國外打理他爸爸的生意。之後我們在他的臉書看到他發出

一張駕駛直昇機的照片，我們同學都戲說他不做律師，開直昇機回外國繼承家業了。所以如果你有家底的話，律師也不用做啦，哪需要像筆者這樣捱驢仔。

## 2. 參考大台劇集，律師收工後都會好chill落吧飲酒？

這當然不是事實啦。律師的工時普遍也較長，八九點收工是常事，也不可以太晚回家以免明天見客時沒精神。律師畢竟是出賣時間的職業，如果不在見客時打足十二分精神，對方是會有所不滿的，所以閒日收工飲酒基本上可免則免。

加上不知道是筆者個人圈子的關係還是律師普遍如此，身邊大部分朋友都不怎麼喝酒，喝酒的也只是一杯起兩杯止，甚至連酒吧都不怎麼去。而且筆者已經30多歲了，身邊很多朋友也已經結婚，甚至孩子都有了。如果準時下班也會把握時間回家看顧孩子，根本談不上落吧chill。

但也是有喜歡Happy Hour的律師，例如筆者曾經在一間鬼佬firm工作，他們就很喜歡每一兩星期召集一次Bubble Friday，叫所有公司員工在茶水間喝香檳聊天。聽上去是很chill，但老實說跟一班老闆聊天還是壓力比較大的，應酬的感覺太重根本放鬆不下來。這可能是華人和西方人的文化差距吧？總之與其落bar and chill，我想大部分同行還是會選擇回

家Netflix and chill，或者湊仔baby and chill了。

### 3. 像電視劇一樣，律師會自己親身落現場查案？

也不至於算是親身落場查案，但到訪案發現場或嘗試模擬案發過程是會有的。例如筆者曾處理一個在扶手電梯上偷拍女性裙底的個案，就找了一位身高和受害者差不多的女生，嘗試讓測試員和他乘搭同一扶手電梯，看看是否真的能完成偷拍過程。當然不會像大台劇那般戲劇化，但如果情況許可客戶預算又充足，到訪案發現場是很有幫助的。

### 4. 律師識另一半有光環？

先說男生吧，筆者相信多少是有一點加乘的，但也不是太多。畢竟年輕20歲出頭時，女生重視的不是經濟能力而是幽默感、外貌、相處模式、有沒有feel等等因素。做律師頂多是確保了一定程度的經濟能力，不像健身教練能練出一身吸睛的肌肉。而且成為專業人士的過程需要花費大量時間在學習上，所以不少律師對兩性相處也不太在行，筆者身邊亦有一些專業人士長期溝唔到女，或是多次被女飛。

加上律師賺的都是辛苦錢，所以不見得會願意花大筆消費在伴侶身上。結果空有經濟能力，卻沒有在伴侶身上揮霍的豁

達，對伴侶而言也就不是有效的加分位了。但如果是乖乖型的男律師終歸不會找不到伴侶的，畢竟到30多歲成為鑽石王老五後，經濟能力的優勢就很明顯了。所以筆者不敢說會有女生投懷送抱，但找機會跟你多聊兩句的女生還是會有的啦。

而女律師就更難有光環了，畢竟就筆者的理解，不少男性還是會介意自己的收入比伴侶低，所以律師的高收入反而成了制肘。加上律師多給人好辯的既定印象，所以大概更難吸引男生。筆者身邊也有一些女律師是單身的，如果各位有需要筆者也能介紹介紹。


5. 在香港做律師會愈來愈難？

在本書定稿時適逢疫情退卻，但香港及內地經濟也還未復甦的陣痛期。香港的上市公司申請數量少了很多，以致某些大型律所一整隊律師被裁走，由這方面看難免令人覺得現在做律師愈來愈難。但這畢竟只是其中一個界別的律師，其他界別例如訴訟、家事婚姻、勞工法等也不見得十分嚴竣。而近年在政府大力吹捧下，關於信託及家族辦公室的業務亦愈發活躍，可預期將來律師也會在這裡分一杯羹。

亦有人認為香港內地融合幅度愈來愈大，香港律師的價值慢慢會被內地律師取代。少年，咁係因為你悲觀，香港的英式

法律跟內地的大陸法系差異太大，香港全面實施內地法系幾近天方夜譚。這樣不只使香港失去大部分獨特優勢，中國亦失去一個與外國對接的絕佳轉口港。

因此香港的法制難以被內地法制取代，但兩地的融合卻增加了內地律師跟香港律師合作的機會。筆者就認識了很多內地律師朋友，跟他們也有不少業務上的交接。筆者不敢說現在香港是機遇處處、遍地黃金，但只要靈活變通，積極爭取，做律師還不算是那麼難的。


6. 令你印象最深刻的一宗案件？

應該是為我的一個姨姨見證遺囑吧，這在前文也已經討論過了。我過去到醫院見證遺囑簽署大概也就三四次，見證後立遺囑人沒多久也離世了，感覺上自己有點像死神似的。穿著黑西裝的死神，帶著一個公文袋，在大限將至者面前出現並講述死後世界的事，聽上去真的中二感滿滿。

# 結語

　　終於寫到結語了，回看筆者的專頁在23年2月23日時曾出了一個Story說：「會不會哪天我也能出本書？」沒想到在一年之後，就真的有出版社找上筆者問要不要出書。一開始還擔心是不是詐騙集團呢，畢竟在筆者眼中出書是那些業界專家或身材火辣的美女模特的專利。筆者不敢自稱專家，而相信就算筆者的寫真集尺度多大，應該也沒人想要吧。到後來發現出版社真的出版過許多不同著作，才總算放心簽賣身契。

　　從事法律行業才不到10年就有機會出版自己的書籍，內心其實還挺不安的，擔心一個不小心寫錯了什麼被人詬病，或是得意忘形起來得罪了前輩。但又怕錯過了機會就沒有下一次，所以還是硬著頭皮決定要寫。既然閣下有心機讀到這裡，筆者應該也不是寫得太差吧？衷心感謝您的支持，希望您能從本書中得到一些有用的

法律知識，或最少覺得法律原來也沒有那麼無聊。

　　其實在出版商找上自己前，筆者亦曾想過出版一本關於日常法律應用的書。在執業過程中筆者漸漸發現自己以為是理所當然的常識，原來對非法律從業員來說可能是專門知識。例如如果要追討S75,000元或以下的欠款就要到小額錢債，而且小額錢債的訴訟不能追討律師費用。又例如買賣物業時簽署的文件大部分也是要上傳到土地註冊處登記的，因此你的身份證號碼、簽名樣式、住址等個資都有機會因此被洩漏。

　　對這些東西一無所知是會吃虧的，所以為了令大家更了解社會的「遊戲規則」，筆者希望盡量將自己認為在生活上能應用的法律知識，以生動有趣的方式寫下來。幸好筆者過去在IG專頁中也累積了不少日常生活中可能用到的法律知識或相關小故事，所以也不是花了太多時間來完成本書。法律應是觸手可及的 "Law should be Approachable"，而不是有錢人或少數人的專屬工具，希望大家都能應用法律來保障自己生活的。

說到筆者的IG專頁，過去接近2年筆者都是戴著面具拍影片及發帖。有些人曾問是否因為害羞還是律師有相關規定不可宣傳，其實都不是，認識筆者的人就知道筆者是不知道醜字怎麼寫的，因為筆者身上只有「帥」。而筆者也有跟不少律師會的幹事或屬會委員分享過這個專頁，暫時也未收到律師會的相關批評，所以是沒問題的... 大概吧？反正筆者是一個尊師重道愛國愛港的好青年，不敢太過火的啦。戴面具這件事主要考慮的都是實質運作因素而已，包括：

　　1. 自知以自己的顏值，應該是走不了偶像派路線的了... 畢竟太帥的人的實力都會被忽略，對吧？所以與其讓大家看到真容，倒不如保持神秘感，用卡通公仔頭示人。

　　2. 從商業角度考慮，令觀眾記得現有的公仔頭比認得真人容貌更有宣傳效果。將公仔頭印在筆記簿或環保袋上作小禮品，大家應該也不會抗拒，但如果把我的大頭照印上去，你還會想要嗎？

　　3. 戴面具的話，影相拍片就不用化妝set頭才開工

了，方便。

但近來發現偶而會有人挑戰，說這個戴面具不出樣的人肯定有問題或心虛，甚至連是不是律師都不肯定。對待haters筆者一般都是視若無睹的，但想深一層，會不會有一些觀眾心中也在懷疑，到底這個奇奇怪怪又懶搞笑的人是不是律師？就算是，他又是否有足夠年資跟大家分享這麼多？

想到這裡，筆者決定趁著這次出書做一個重大決定：以真名示人，這樣大家只要到律師會的網頁一看就找到了，不必再猜猜度度。不過未來拍片發帖還是會用公仔頭的，畢竟以上三個因素還是太重要了，所以筆者的樣子還是不會刻意公開出來，但如果你要找也不難找到，小心不要被帥翻了就好。

那麼最後，讓筆者以第一次正式的自我介紹作結：我是My Lawyer的陳奕希律師，請各位未來也要多多指教！

好年華
Good Time

這個律師明明超專業卻過份搞笑

作　　者／My Lawyer HK

內容協力／戴駿樺律師

文字協力／戴駿樺律師、符廣砢見習律師

文字編輯／顧景然

版面設計／陳沫

國際書號／978-98876627-6-1

定　　價／港幣一百三十八元正

初　　版／二〇二四年七月

出　　版／好年華 Good Time
電郵：goodtimehnw@gmail.com
IG：goodtimehnw
Facebook：goodtimehnw

發　　行／泛華發行代理有限公司
電話：(852) 2798 2220
傳真：(852) 3181 3973
地址：香港新界將軍澳工業邨駿昌街七號星島新聞集團大廈